BASTEI
LÜBBE

Von Jule Brand erschienen bei BASTEI-LÜBBE:

12531 Ein Single kommt selten allein
12563 Liebe im Nachfüllpack
12615 So angelt man sich einen Typ
12639 Drei Männer sind einer zuviel
12683 Herrchen gesucht!
12711 Küsse niemals deinen Boss
12778 Herzattacken
12795 Sag nicht, ich hätte dich nicht gewarnt!
12843 Lügen haben schöne Beine

Jule Brand

MACHO

verzweifelt gesucht

BASTEI LÜBBE

BASTEI-LÜBBE-TASCHENBUCH
Band 12858

Originalausgabe

Printed in Germany, Oktober 1998
Einbandgestaltung: Gisela Kullowatz
Titelfoto: Kurt Steinhausen, Köln
Satz: Textverarbeitung Garbe, Köln
Druck und Bindung: Ebner Ulm
ISBN 3-404-12858-3

Für Claudia

»You must remember this
a kiss is still a kiss
a sigh is just a sigh
the fundamental things apply
as time goes by.«

Aus ›Casablanca‹

Inhaltsverzeichnis

Prolog

Rike war die geborene Nachmacherin. Von dem Augenblick an, in dem sie auf die Welt kam, wollte sie alles haben, was ihre große Schwester hatte, alles machen, was ihre große Schwester machte, und alles fühlen, was ihre große Schwester fühlte. Der erste zusammenhängende Satz, den sie bilden konnte, lautete: »Rike auch.«

Sie trug die gleichen Kleider und Frisuren, hatte die gleichen Hobbys, die selben Freunde und identische Urlaubsziele – zur selben Zeit, versteht sich.

Solange Rike und Andrea – so hieß die große Schwester – klein waren, war Rikes Nachmacherkomplex zwar gelegentlich Anlaß zu kleinen Prügeleien unter Schwestern, aber erst mit Einsetzen der Pubertät wurde es wirklich problematisch. Andrea verliebte sich in Rudolf – Rike auch. Andreas Interesse wandte sich Matthias zu – Rikes Interesse ebenfalls. Andrea knutschte mit Jens herum – einen Tag später war Rike an der Reihe.

Nach dem Abitur zog Andrea eilig von Stuttgart nach Köln, hatte zwei Jahre Ruhe vor Rike und einen hübschen Freund namens Guido. Diese zwei Jahre waren, rückblickend betrachtet, die schönste Zeit in Andreas Leben. Dann aber machte Rike ihr Abi und zog ebenfalls nach Köln. Und Guido wechselte (nach intensivsten Bemühungen von Rikes Seite) von Andrea zur kleinen Schwester über.

Andrea rasierte sich vor Kummer die Haare, trug nur noch Schwarz und schwor, von nun an ohne Mann zu leben – Rike schickte Guido zum Teufel und machte es ihr nach. Andrea machte die Probe aufs Exempel, schaffte sich weiße Streifenhörnchen an und wurde Pfeifenraucherin – Rike ebenfalls. Andrea fing, ihrem Schwur zum Trotz, ein Verhältnis mit einem bärtigen, übergewichtigen, verheirateten Grundschullehrer mit einer Hasenscharte an, in der festen Überzeugung, daß Rikes Nachahmungszwang angesichts solch konzentrierter Häßlichkeit erlahmen würde. Aber Rike hielt den Hasenschartenmann für das Begehrenswerteste auf Erden – und spannte ihn der Schwester aus. (Der Gute hatte *die* Zeit seines Lebens!)

Aus lauter Verzweiflung begann Andrea, Überraschungseier zu sammeln, lernte Saxophon spielen und wurde der einzige Kelly-Family-Fan über Zwanzig – bis Rike ihr das und auch alles andere nachmachte.

Die Lage spitze sich dramatisch zu, als Andrea einen Skiunfall hatte und mit einem gebrochenen Bein ins Krankenhaus geflogen werden mußte. Der Rettungssanitäter war ein blondgelockter Riese, der – wenn überhaupt – nur einen einzigen Fehler hatte, nämlich Archibald Rost zu heißen. Andrea jedenfalls verliebte sich Hals über Kopf, noch bevor sie seinen Namen wußte. Sie vergaß ihr schmerzendes Bein und war hin, als Archibald ihr am nächsten Tag einen Besuch abstattete. Die Freunde und ihre Schwester, die sie natürlich ebenfalls besuchten, staunten nicht schlecht darüber, wie glücklich Andrea trotz Gipsbein aussah.

Als Rike die Ursache für Andreas verklärtes Dauergrinsen mit eigenen Augen sah, schnappte sie sich ihre Skier und fuhr eine für Anfänger gesperrte vereiste Buckelpiste hinab. Als sie frisch eingegipst und mit einem leichten Lächeln auf den Lippen in das Bett neben Andrea gelegt wurde, erlitt Andrea einen hysterischen Schreianfall.

Und als Andrea zwei Tage später mit ansehen mußte, wie der Rettungssanitäter namens Archibald Rost am Bett ihrer Schwester saß und deren Händchen hielt, versuchte sie vergeblich, Rike mit einem Kissen zu ersticken.

Der Krankenhauspsychologe, dem Andrea gezwungenermaßen ihre ganze Geschichte erzählte, hielt ihre Mordgelüste für mehr als normal und wunderte sich lediglich, daß sie nicht früher auf die Idee gekommen war, die Schwester aus dem Weg zu räumen. Nichtsdestotrotz sei Mord aber keine vernünftige Lösung, sagte er, solange das perfekte Verbrechen noch nicht erfunden ist.

»Wandern Sie doch aus. Australien zum Beispiel ist ein wunderbares Land«, riet er, aber Andrea schüttelte den Kopf.

»Sie kennen meine Schwester nicht. Selbst wenn ich auf den Mars zöge – sie würde mich finden.«

Aber als sie aus dem Krankenhaus entlassen wurde, dachte sie noch einmal über die Idee nach. Australien war groß, dort waren schon ganz andere untergetaucht. Und wenn Rike sie dennoch aufspüren sollte, konnte sie immer noch das perfekte Verbrechen begehen, Rike über eine Klippe schubsen oder im Outback aussetzen, einen falschen Namen annehmen und sich bei den

Fliegenden Ärzten in Coopers Crossing als Krankenschwester verdingen.

Archibald Rost, der fast perfekte Rettungssanitäter vom Arlberg, nahm derweilen einen Job in einem Kölner Krankenhaus an, um in Rikes Nähe zu sein (was Andrea beinahe das Herz brach), und die beiden erwogen, sich zusammen eine Wohnung zu suchen.

Allein schon diese Überlegung war ungewöhnlich, weil Rike sie ja von sich aus anstellte und nicht, weil Andrea sich etwa gerade mit der gleichen Überlegung herumschlug. Andrea witterte ihre Chance. Sie kündigte ihren Job – überflüssig zu sagen, daß Rike und sie in derselben Firma arbeiteten –, holte ihr ganzes Geld von der Bank und buchte einen Flug nach Australien.

Und dann geschah ein Wunder: Rike kündigte nämlich nicht, und sie buchte auch keinen Flug. Ja, sie machte nicht mal Anstalten, etwas Ähnliches zu tun, und sie sagte nicht einen einzigen Satz, in dem das Wörtchen »auch« vorkam. Während Andrea ihre Reisevorbereitungen traf, bot die Firma Rike Andreas alte Stelle an, und Rike sagte zu.

Zu Andreas großem Erstaunen schien Rike eine komplett andere Frau zu sein, als sie sie zum Flughafen brachte und ihr eine gute Reise wünschte.

»Du warst beim Friseur«, stellte Andrea voller Staunen fest. »Wer hat dich auf die Idee gebracht, dir die Haare rot färben zu lassen?«

Rike drehte sich kokett einmal um die eigene Achse.

»Schön, nicht? Die Kollegin Tess hat genau die gleiche Frisur. Aber mir steht es einfach besser, findest du nicht auch?«

Andrea schluckte schwer. Es sah ganz danach aus, als habe Rike ein neues Opfer gefunden. Andrea war zwischen ungläubiger Freude und Mitleid mit der Kollegin hin- und hergerissen. Eigentlich war es jetzt gar nicht mehr nötig, nach Australien abzuhauen.

Aber gebucht war gebucht. Sie stieg in ihren Flieger und war frei.

1.

Schluß mit lustig

»Jede Wette, daß er wieder mal *nicht* eingekauft hat«, murmelte Tess, als die Straßenbahn genau vor dem Supermarkt hielt. »Und der Spülberg von gestern abend wird auch noch dastehen. Wahrscheinlich hat er bis Mittag geschlafen, dann die Küche kahlgefressen und die Wiederholung der Basketballspiele auf irgend so einem blöden Sportsender angeschaut, obwohl er die in der Nacht schon live gesehen hat.«

»Er ist Sportstudent! Was erwartest du?« Lukas grinste auf Tess nieder. »Ich hatte dich gewarnt, erinnerst du dich wenigstens?«

Tess nickte finster. »Ja, ja. Du und meine Mutter und zehn andere. Hinterher ist man immer klüger. Hey, vergiß nicht, auszusteigen.«

»Noch ist es nicht zu spät«, sagte Lukas, womit er nicht die Straßenbahn meinte, sondern Tess' verfahrene Beziehungskiste. »Schließlich seid ihr nicht verheiratet oder so was.«

Mit einem riesigen Schritt sprang er auf den Bürgersteig. »Bis morgen, Pumuckl.«

»Bis morgen, Luke.« Tess sah ihrem Kollegen neidisch nach. Lukas wohnte gleich neben dem Supermarkt in einem vierzig Quadratmeter großen Dachstudio mit verglastem Giebel.

Und zwar alleine. Der Glückliche.

Er hatte keinen Parasiten in der Wohnung sitzen, der seinen Kühlschrank leerfutterte und den Abfall niemals in die dafür vorgesehenen Behälter legte. Keinen, der das Gesicht verzog und stöhnte: »Mein Gott, mach hier nicht so'n Streß wegen der paar Joghurtbecher!« Und keinen, der unbedingt ›Mad Max‹ schauen wollte, wenn im anderen Programm ›Während du schliefst‹ lief.

Aber natürlich hatte Lukas recht: Es war ja wirklich noch nicht zu spät. Tess konnte ihren Parasiten einfach rausschmeißen, denn das war immer noch *ihre* Wohnung! Max hatte bis vor kurzem noch bei seinen Eltern gewohnt, denen hatte Tess vermutlich einen riesigen Gefallen getan, als sie den Sohnemann bei sich hatte einziehen lassen. Bis vor kurzem, das hieß, sie und Max wohnten jetzt wie lange zusammen? Tess rechnete kurz nach – exakt drei Monate. Sie erschrak. Erst drei Monate, und schon hielt sie es nicht mehr aus. Dabei war sie schon vierundzwanzig, höchste Zeit, ihre Beziehungskisten mal etwas zu intensivieren.

»Ernst machen«, nannte ihre Mutter das. Zusammenziehen, heiraten, ein Haus bauen, Kinder kriegen, das war die von Muttern vorgesehene Reihenfolge, aber Tess hatte immer nur davon geredet, ein Leben lang ein fröhlicher, gutverdienender Single zu bleiben. Immerhin, da hatte sie sich endlich mal zum ersten Schritt durchgerungen, und es dauerte nur drei Monate, und schon war es wieder vorbei.

Na ja, ihre Mutter zumindest würde nicht enttäuscht sein. Wenn sie von »Ernst machen« gesprochen hatte, dann hatte sie ganz sicher nicht Max damit gemeint. Ihr schwebte da wohl eher jemand vor, der sich täglich rasierte und sein eigenes Geld verdiente – und zwar nicht wenig. Max rasierte sich nur einmal in der Woche und verdiente überhaupt kein Geld. Er bekam etwas Bafög, mit dem er, laut Abmachung, den gemeinsamen Haushalt bestreiten sollte.

Eigentlich ein einfaches Arrangement: Tess bezahlte die Miete, Max war für die Lebensmittel zuständig. Aber so einfach das auch zu sein schien – es funktionierte nicht. Entweder war der Kühlschrank leer oder randvoll mit Sachen, die Tess nicht mochte. Jedenfalls nicht täglich. Ab und zu hatte sie ja nichts einzuwenden gegen Chips, Fertignudelgerichte, Tiefkühlpizza und Schokolade, aber auf Dauer würde das dick und krank machen, davon war sie überzeugt.

Wenn sie das Thema ansprach, meinte Max beleidigt, sie solle sich nicht so kleinlich anstellen, und wenn ihr seine Art einzukaufen nicht passe, dann solle sie es eben selber tun. Das tat sie dann auch. Es blieb ihr nämlich gar nichts anderes übrig.

Ärgerlicherweise schien Max aber für Obst, Gemüse und andere vitaminreiche Kost, die er nicht selbst gekauft hatte, eine ganz eigene Vorliebe zu entwickeln. Er kaufte und vertilgte zwar weiter sein junk food, machte sich aber vergnüglich über Tess' Äpfel und Bananen her, löffelte ihre Joghurts leer und erweiterte seinen Speiseplan gelegentlich auch mal um Vollkornbrot und Müsli.

»Jetzt mach nicht so'n Streß«, sagte er genervt, wenn Tess sich über leere Schränke und einen ebenso leeren Magen beschwerte. »Woher sollte ich wissen, daß das dein Joghurt/Apfel/Vitaminsaft war?«

»Wessen Joghurt/Apfel/Vitaminsaft denn sonst?« knirschte Tess dann und stand jedesmal vor der Wahl, noch einmal loszuziehen und etwas zu kaufen oder hungernd ins Bett zu gehen.

Je nach Müdigkeitsgrad oder Ladenöffnungszeit hatte sie sich nicht selten für die zweite Lösung entschieden – und somit der Sache doch etwas Gutes abgewonnen. Tess mußte unwillkürlich lächeln: Seit Max bei ihr wohnte, hatte sie schon drei Kilo abgenommen. Genau drei Kilo, die sie vorher ihrer Ansicht nach zuviel auf den Hüften gehabt hatte. Na ja, immerhin etwas.

Aber noch dünner mußte sie ja nicht werden! Tess fuhr sich tatendurstig durch die roten Locken. Heute würde sie Max eröffnen, daß seine Zeit im Schlaraffenland vorbei sei. Er würde drei Tage bekommen, um seine Siebensachen zusammenzusuchen und seine Eltern darauf vorzubereiten, daß er wieder zu Hause einziehe. Das war durchaus human, fand Tess und leckte sich plötzlich voller Vorfreude die Lippen. Drei Tage, und dann würde sie ihre Wohnung wieder für sich haben. Zuerst einmal würde sie aufräumen, säckeweise den Müll zusammenkratzen und dann einen ganzen Tag lang lüften …

Die Straßenbahn hielt erneut. Tess nahm ihren Rucksack aus Kuhfellimitat und schob sich an einer dicken Frau vorbei zum Ausgang. *Max, ich komme!*

»Max? Bist du da?«

Niemand antwortete.

Vielleicht war er ja ausnahmsweise mal zur Sporthochschule gefahren. Oder hatte er heute Volleyballtraining? Nein, das war immer montags und mittwochs, und heute war Dienstag.

Mittwoch, Donnerstag, Freitag, zählte Tess in Gedanken und lächelte unwillkürlich. Drei Tage – und am Wochenende gehörte die Bude wieder ihr.

»Max? Ma-hax?« Ihre Stimme klang geradezu fröhlich. Armer Max, meldete sich sofort ihr schlechtes Gewissen. Ich muß es ihm schonend beibringen, mit etwas Pietät.

»Max?« rief sie, diesmal gedämpfter.

Im Wohnzimmer war er nicht, nur mehrere einzelne Socken, die verstreut auf Sofa und Teppich lagen, zeugten von seiner Existenz. Auf dem Weg in die Küche schob Tess ein halbes Dutzend leere Coladosen zur Seite. Das heißt, nicht alle waren leer. Etwas braune Brühe sickerte in den altrosafarbenen Teppichboden.

»Verdammt! Max! Max? Bist du da?«

Tess betrat die Küche. Das übliche Chaos. Der Spülberg der vergangenen Woche unberührt. In der Auflaufform hatte sich bereits ein weißlicher Pilz gebildet. Na toll! Ihre gute Laune sank rapide.

Sie schnüffelte an einem offenen Milchkarton auf der Anrichte. Er war noch halbvoll, das Mindesthaltbarkeitsdatum noch nicht überschritten. Dennoch roch es sauer. Tess verzog angewidert das Gesicht. Kein Wunder, wenn dieser Typ sogar noch zu faul war, die Milch zurück in den Kühlschrank zu stellen.

»Max! Du Idiot!« Erzürnt schüttete Tess die Milch in den Ausguß der Spüle. Milch mit Cornflakes hätten ihr Abendessen werden können. Hätten! Nur so zum Spaß öffnete sie den Kühlschrank. Gähnende Leere – wie gehabt. Sogar der allerletzte Joghurt, die Notration für den Abend, war verschwunden. Den leeren Joghurtbecher sah Tess samt Löffel auf der Fensterbank stehen. Ja, da gehört er ja auch hin, oder?

Sie knirschte leise mit den Zähnen.

Ruhig bleiben, ermahnte sie sich selber. In drei Tagen ist er hier raus, und der ganze Müll mit ihm. Das wird herrlich. So herrlich, daß ich eigentlich Mitleid mit ihm haben müßte. Da werde ich es ja wohl noch schaffen, ihn freundlich hier rauszukomplimentieren.

»Max?« Tess ging durchs Wohnzimmer zurück in den Flur. Jetzt erst sah sie, daß der Anrufbeantworter blinkte. Sie spulte das Band zurück. Max hatte es offenbar neu besprochen.

»Hallo, hier ist Max. Ich bin im Augenblick nicht abkömmlich, aber ihr könnt ja eine Nachricht hinterlassen ... Piiiep!«

Moment mal! Tess schnappte nach Luft. Max hätte wenigstens erwähnen können, daß sie hier auch noch wohnte. Das waren immer noch *ihre* Wohnung, *ihr* Telefonanschluß und *ihr* Anrufbeantworter.

Und meine Telefonrechnung, dachte sie erbost.

»Ja, hallo, Max, hier ist deine Mutter«, kam es jetzt vom Band. »Ich wollte nur fragen, ob du an Oma Ernas Geburtstag am Samstag gedacht hast. Wir schenken alle zusammen das Porzellan, das sie sich gewünscht hat. Onkel Horst und Tante Erika die großen Teller, Onkel Herbert und Tante Alexa die Suppenteller, Tante Edith und Onkel Willi je ein Kaffeegedeck, dein Vater und ich schenken vier, deine Cousine Iris schenkt die Suppenterrine, und was die anderen schenken, weiß ich nicht genau.«

Interessiert auch keine Sau, dachte Tess säuerlich.

»Du kannst die Eierbecher dazu kaufen. Oder die Tortenplatte. Das Porzellan heißt – du weißt doch, weiß mit grünen Blättern – ähm, na, wie heißt es noch gleich?«

Es piepte. Max' Mutter hatte an dieser Stelle offenbar eine längere Überlegungspause eingelegt, und der Anrufbeantworter hatte sie glatt rausgeschmissen.

Kluge Maschine, dachte Tess, aber nach dem nächsten Piep tönte gleich noch einmal dieselbe Stimme.

»Hier ist wieder deine Mutter, Max. Ich weiß es wieder. Das Geschirr heißt ›Weinlaub‹. Da ist so grünes Weinlaub draufgemalt.«

Ach nee, dachte Tess spöttisch. Und ich dachte, wenn es Weinlaub heißt, sind Rosen drauf!

»Im Laden sagst du Weinlaub von Dingsbums, dann weiß die Verkäuferin schon Bescheid. Von, na sach mal, nicht Rosenthal, nicht Meißen, ähm ...«

Und piep!

»Das darf doch wohl nicht wahr sein«, rief Tess aus. Die Alte hatte offenbar das ganze Band mit diesem Porzellankrempel vollgequatscht!

»Ja, hier ist noch einmal deine Mutter, lieber Max«, bestätigte die Stimme nach dem nächsten Piep ihre Vermutung. »Das Porzellan ist von Hutschenreuther. Du kriegst es in jedem guten Fachgeschäft, und die Kerzenständer hat Oma Erna auch noch nicht. Laß sie dir gut einpacken und frag für alle Fälle, ob du's umtauschen kannst. Der Geburtstag ist am Samstag – um drei Uhr zum Kaffee. Zieh ein gebügeltes Hemd an, und achte darauf, daß es noch alle Knöpfe hat, sei so gut. Ach ja, und deine kleine Freundin kannst du gerne mitbringen. Wenn ja, dann sag mir noch mal Bescheid, ich sag ihr dann, welchen Kuchen sie backen soll«.

Die hat doch nicht alle Tassen (mit oder ohne Weinlaub) im Schrank, dachte Tess. Die ›kleine Freundin‹ – Tess maß ohne Schuhe ein Meter sechsundsiebzig –

hatte keinen Bock auf Oma Ernas Geburtstag, schon gar nicht, wenn sie dafür auch noch einen Kuchen backen mußte. Also ehrlich!

Der Anrufbeantworter schwieg. Außer der Mutter hatte offenbar niemand mehr darauf gesprochen.

Kein Wunder, dachte Tess, erstens hat sie ihn total blockiert, und zweitens wird jeder, der mich angerufen hat, verwirrt wieder aufgelegt haben nach diesem Ansagetext. Frechheit!

Möglicherweise war Max ja losgezogen um das Porzellan für seine Oma Erna zu kaufen. Oder ein Hemd, das noch alle Knöpfe besaß.

»Max?« Sie ließ das Band zurückspulen und öffnete die Badezimmertür. Chaos auch hier, soweit das Auge blickte. Dreckige Wäsche und feuchte Handtücher in einem Knäuel auf dem Fußboden, im Waschbecken viele kurze Haare zwischen den Zahnpastaklecksen. Aha, Max hatte sich wenigstens rasiert, fein, fein.

Jetzt blieb nur noch das Schlafzimmer übrig, da hielt er sich ohnehin meistens auf, weil dort auch der Fernseher stand. Aber auch das Schlafzimmer war menschenleer. Das ungemachte Bett war umgeben von leeren Coladosen und Chipstüten sowie mehreren Pizzakartons. Die Vorhänge waren zugezogen. Es roch muffig, was Tess darauf zurückführte, daß der eine oder andere Pizzakarton möglicherweise nicht ganz leer war und sich dort seltene Bakterien- und Pilzkulturen gebildet hatten. Wahrscheinlich mußte sie ihr Schlafzimmer demnächst noch unter Naturschutz stellen lassen.

Sie riß die Fenster auf und sah sich noch einmal um. Nun, Max war ganz offensichtlich nicht zu Hause. Ausgerechnet heute nicht, wo sie sich doch vorgenommen hatte, ihn rauszuschmeißen. Solche spontanen Entschlüsse schrien geradezu nach einer spontanen Umsetzung. Zu blöd, daß Max ihr jetzt einen Strich durch die Rechnung machte.

Wenn sie nun ein paar Stunden Zeit hatte, darüber nachzudenken, fiel ihr möglicherweise all das ein, was sie an ihm *nicht* störte. Zum Beispiel seine süßen wuscheligen Locken oder dieser modelmäßige Waschbrettbauch (er war wie gesagt Sportstudent, das bedeutete kostenloser Zugang zu den Fitneßräumen der Sporthochschule) oder diese süßen Grübchen oberhalb seines …

Tess riß sich zusammen. Das waren ja geradezu sexistische Gedanken, die sie da hatte. Als sei Max nur fürs Bett gut gewesen. Dabei hatte er durchaus noch andere positive Seiten. Tess überlegte angestrengt, aber es fiel ihr tatsächlich keine andere ein.

Ich muß wirklich hormonell verblendet gewesen sein, dachte sie peinlich berührt. Sie und Max hatten sich auf einer Party von Freunden kennengelernt, es war Liebe auf den ersten Blick gewesen. Die üblichen Schmetterlinge im Bauch waren Riesenfalter gewesen, der Pudding in den Knien mehr wie Vanillesoße. Ganz gegen ihre Gewohnheit waren sie noch am selben Abend in Tess' Wohnung und in ihrem Bett gelandet. Da die Schmetterlinge auch am nächsten Morgen noch dagewesen waren, hatte Tess nichts dagegen gehabt, daß Max mit Sack und Socken bei ihr eingezogen war.

Wann waren die Schmetterlinge verschwunden? Tess wußte es nicht. Jedenfalls war es einfach nur noch nervig mit Max, seit es keine Schmetterlinge mehr gab. Nicht mal unterhalten konnte man sich mit ihm. Entweder wollte er gerade ein unheimlich wichtiges Spiel/

Turnier/Rennen im Fernsehen sehen, oder aber er schlief. Tatsache war, daß er meistens schlief, wenn sie wach war, und umgekehrt. Das lag wohl daran, daß Tess fünf Tage in der Woche arbeitete, während er hier herumhängen konnte.

Auf meine Kosten, dachte Tess und schämte sich gleich wieder für ihre Gedanken. Sie war es schließlich gewesen, die auf ihr Zusammenziehen gedrängt hatte. Endlich hatte sie mal eine »richtige Beziehung« haben wollen.

Der arme Max war sicher vorher schon faul, schlampig und gefräßig gewesen – sie hatte es nur nicht bemerkt. Oder nicht bemerken wollen. So richtig nervte sie diese Beziehungskiste ja auch erst seit drei oder vier Wochen. Vorher war es ganz okay gewesen. Sie hatten eben einfach ein unterschiedliches Verständnis für Ordnung …

Vielleicht sollte sie nicht so schnell aufgeben, jedenfalls nicht wegen solcher Lappalien. Vielleicht sollte sie sich und Max noch eine Chance geben. Ihn erst mal besser kennenlernen, seine guten Seiten entdekken. Vielleicht stellten sich dann auch die Schmetterlinge wieder ein. Tess' Spontanentschluß geriet bereits ins Wanken.

Ihr Magen knurrte und erinnerte sie an die kahlgefressene Küche.

»Pasta«, seufzte sie unwillkürlich voller Sehnsucht. »Bandnudeln mit einer Spinatkäsesoße. Oder mit Steinpilzen in Sahnesoße. Oder mit Tomatensauce mit Kräutern und Hackfleisch. Oder …«

Sie schaute auf ihre Armbanduhr. Erst sechs – es war noch Zeit für einen ausgiebigen Besuch im Supermarkt.

Sie schnappte sich ihre Jacke und den großen Rucksack, den sie immer zum Einkaufen benutzte, und verließ die Wohnung.

Max ließ sich Zeit mit dem Nachhausekommen. Als Tess vom Einkaufen zurückkam, war er immer noch nicht da, und so hatte sie Zeit, weiter darüber nachzudenken, ob sie ihn wirklich rausschmeißen sollte, und wenn ja, auf welche Art und Weise. Völlig in innere Für-und-wider-Monologe verstrickt, begann sie die Wohnung aufzuräumen, zuerst den Abfall einzusammeln, dann das Bett zu machen und schließlich alle herumfliegenden Wäscheteile aufzuheben. Da sie samt und sonders Max zuzuordnen waren, warf sie sie zunächst auf einen großen Haufen, anschließend verstaute sie sie kurzentschlossen in Maxens Sporttasche. So waren sie wenigstens aus dem Weg. Und Max würde es einfacher haben, sie später aufzuräumen … natürlich nur für den Fall, daß er blieb.

Schließlich machte sie sich seufzend an den gigantischen Geschirrberg. So einen Riesenstapel sah man sonst nur in Werbefilmen für Spülmittel – und da wurden die eingetrockneten Töpfe und Teller immer von ganz allein sauber. Tess seufzte: Entweder hatte sie das falsche Spülmittel, oder der Werbefilm war eine gewaltige Übertreibung. Es dauerte eine halbe Stunde, bis sie alles gespült und zum Trocknen auf der Arbeitsfläche aufgetürmt hatte. Sie sah auf die Uhr: Noch keine acht – aber wo blieb Max? Die Porzellangeschäfte hatten längst geschlossen. Für einen Augenblick kam ihr der Gedanke, Max könnte bei einer anderen Frau sein. Er könnte ja – rein theoretisch – nach Hause kommen, seine Sachen packen und ihr sagen, daß er sich in eine andere verliebt hatte. (Das war nämlich unlängst ihrer Freundin Verena passiert, und die sagte, künftig würde sie immer diejenige sein, die einen Typ abservierte – und nicht umgekehrt.)

Tess schluckte. Ein schrecklicher Gedanke. Dann war es doch besser, wenn sie ihm zuvorkam und ihn einfach rausschmiß, bevor er eine andere kennenlernen konnte.

Ihr Magen meldete sich wieder. Laut knurrend verlangte er nach Essen.

»Ja, ja, du kriegst ja was«, sagte Tess zu ihm, etwa so, wie man zu einem hungrigen Haustier spricht.

Sie hatte Spaghetti eingekauft, frische Champignons, Zwiebeln und Sahne, außerdem eine Menge Joghurt und Obst. Voller Vorfreude begann sie, die Zwiebel in Würfel zu schneiden. Spaghetti mit Champignon-Rahmsoße war eines ihrer Leibgerichte. Zufälligerweise mochte Max es auch sehr gerne. Während sie die Zwiebeln in Olivenöl anbriet, überlegte Tess, daß sich ein solches Abendessen vielleicht ganz gut eignen würde, gewisse Probleme ein für allemal aus der Welt zu schaffen.

Hör zu, Max, so geht es nicht weiter. Wenn du nicht ab sofort …

Ja, das war elegant: In jedem Ratgeber für Beziehungskrisen stand so etwas in der Art. *Versuchen Sie, für Ihr klärendes Gespräch eine angenehme Atmosphäre zu schaffen. Liebe geht durch den Magen.*

Das Spaghettiwasser kochte. Gleichzeitig hörte sie die Wohnungstür klappern. Einmal tief durchatmen – und dann los.

»Max? Ich bin in der Küche.«

Max streckte seinen Kopf durch die Tür herein. Er war ein gutaussehender Junge. (Wenn man mit sechsundzwanzig noch als Junge durchgeht, dachte Tess.) Blondgelockt, groß, durchtrainiert, mit graugrünen Augen, die von unverschämt langen Wimpern beschattet wurden.

»Hmmm! Das riecht toll. Hast du genug für drei gemacht? Gleich kommt nämlich der Uli nach, wir haben bei ihm die Endausscheidungen im ...«

Ein Zischen in der Pfanne, als Tess die gewaschenen Champignons zu den Zwiebeln schüttete, ließ Max' Worte, um welche Art Endausscheidungen es sich handelte, untergehen.

»... aber Ulis Fernseher hat schlappgemacht. Jetzt kann ich nur sagen: Gott sei Dank! Ulis Kühlschrank war nämlich rappelleer. Lecker! Uli stirbt für Spaghetti. Und ich auch.«

»Es sind schon Menschen für weniger gestorben«, erwiderte Tess eisig. Ihr uneingestandener Traum vom romantischen Abendessen zu zweit und anschließender großer Versöhnung platzte wie eine Seifenblase. »*Unser* Kühlschrank war im übrigen auch leer.«

»Ja«, stimmte Max zu. »Total leer. Ich mußte sogar diesen Light-Joghurt essen, weil nichts anderes mehr da war.«

Tess spürte, wie die Wut in ihr hochkroch, ganz langsam, wie ein Schwarm gehbehinderter Spinnen. Hatte sie soeben tatsächlich erwogen, es noch einmal mit diesem Kerl zu versuchen? War sie denn von allen guten Geistern verlassen? Der Kerl konnte seinen Krempel zusammenpacken, und zwar auf der Stelle. Praktischerweise hatte er gleich jemanden mitgebracht, der ihm beim Tragen helfen konnte.

»Wo ist Uli denn?« erkundigte sie sich beherrscht.

»Holt noch ein paar Büchsen Bier«, erklärte Max und sah besorgt auf die Uhr. Offenbar hatten die Endausscheidungen in was auch immer schon begonnen. »Hat jemand für mich angerufen?«

»Mmmmh«, sagte Tess. »Deine Mutter. Ich hab's gelöscht. Hör mal, Max, ich muß mit …«

»Spinnst du?« Max drückte auf die Nachrichtentaste. Da in der Zwischenzeit niemand anders angerufen hatte, waren die Memos noch nicht überspielt. Die ganze Litanei seiner Mutter über das Porzellan und die Oma und das Hemd mit Knöpfen spulte noch einmal ab. Tess knirschte leise mit den Zähnen.

»Scheiße«, sagte Max. »Auch das noch. So'n Streß wegen so'm Weiberkram hat mir gerade noch gefehlt. Hör mal, Trüffelchen, könntest du nicht dieses Porzellan besorgen? Du als Frau kennst dich doch da besser aus als ich.«

Tess hörte für einen Augenblick auf, die Champignons zu wenden, und starrte ihn an. Er schien das tatsächlich ernst zu meinen.

»Aber natürlich«, sagte sie ironisch. »Ich besorge dir das Porzellan für Oma Erna, ich bügle dir ein Hemd, nähe einen Knopf an und backe einen feinen Kuchen. Sonst noch was?«

»Nee. Das wär' echt lieb von dir.« Max sah wieder auf die Uhr. »Wo bleibt denn der Uli? Es hat schon längst angefangen.«

»Max, ich muß mit dir reden!«

»Nicht jetzt, Trüffelchen.«

Tess sah ihm mit offenem Mund hinterher, bis er im Schlafzimmer verschwunden war. Der Kerl war wirklich unglaublich!

»Und das Essen?« rief sie interessehalber.

»Kannst du ins Schlafzimmer bringen, okay?« rief Max zurück.

Tess überlegte, ob es auf dieser Welt auch nur eine einzige Frau gab, die bei so was mitspielte. Ausgeschlossen. Sie erwog, ihm das Essen tatsächlich ins Schlafzimmer zu bringen – die heiße Soße mit Schwung auf seiner Körpermitte zu servieren –, aber dann erinnerte sie sich daran, daß es sich um ihre eigene Bettwäsche handelte, und auch die Matratze – *ihre* Matratze – war ziemlich neu. Außerdem war es schade um die Soße. Tess probierte ein Löffelchen davon und rieb noch ein wenig Pfeffer in die Pfanne. Perfekt! Nein, diese Soße gehörte in ihren sich immer noch beschwerenden Magen und nicht auf Max' Hose.

Es klingelte.

»Machst du mal auf, Trüffelchen?« rief Max aus dem Schlafzimmer. Die Geräusche der Endausscheidungen im Was-auch-immer-Wettbewerb lärmten durch die ganze Wohnung.

Tess goß die Spaghetti durch ein Sieb und ließ kaltes Wasser darüberlaufen. Fünfhundert Gramm Nudeln – da hätte Uli ruhig mitessen können. Unter anderen Umständen.

Es klingelte erneut.

»Tess! Jetzt mach doch mal auf!«

Tess ließ die abgeschreckten Spaghetti in den Topf zurückgleiten. Sie waren genau richtig. Al dente. Vorsichtig goß sie die Champignonsoße aus der Pfanne über den glänzenden Nudelberg. Es roch verführerisch.

Max erschien in der Küchentür. »Sag mal, hast du das Klingeln nicht gehört?«

»Hallo, Tees.« Hinter Max war ein langes Gesicht mit diversen flusigen Bärten aufgetaucht. Max' Freund und Kommilitone Uli, den sie schon ein paarmal gesehen hatte, der jedoch immer noch nicht ihren Namen kannte. Beglückt zeigte er auf die Spaghetti. »Mann, geil, ey, was für ein Service!«

»Ja, nicht wahr?« Tess hatte ein Salatbesteck genommen, um die Soße so richtig unter den Spaghetti zu verteilen. »Wie geht's so, Schnulli?«

Die Verhunzung seines Namens kam bei Uli nicht mehr an. Er war bereits mit Max auf dem Weg ins Schlafzimmer vor den lärmenden Fernseher. Tess hörte, wie sie sich auf dem frischgemachten Bett niederließen und die Bierdosen schnalzen ließen.

»Du kannst uns das Essen bringen, wenn's fertig ist«, rief Max. »Wenn's geht, mit Serviette!«

Wenn's geht, mit Serviette! Aber sicher doch. Da sitzt der Kerl mit seinem flusenbärtigen Kollegen auf ihrem Bett, die schmuddeligen Jeansärsche womöglich auf ihrem Kopfkissen, dazu lief im Fernsehen die Endausscheidung irgendeines blödsinnigen Männersports, und sie sollte Spaghetti direkt ans Bett servieren. Mit Serviette!

Mit Kalaschnikoff, dachte Tess. Wenn ich eine hätte. Ratatatataaa!

Das wäre allerdings auch nicht sonderlich gut für die Bettwäsche, fiel ihr dann ein. Außerdem hatte sie ja auch gar kein Gewehr.

Das weitere Vorgehen wollte jetzt gut überlegt sein. Am besten bei einer großen Portion Spaghetti. Sie schloß die Küchentür, zündete sich eine Kerze an, goß sich ein Glas Rotwein ein und häufte sich eine große Portion Spaghetti auf einen der frischgespülten Teller. Seufzend ließ sie sich auf den Stuhl fallen und nahm den ersten Bissen. Aaah, göttlich. Sie hatte sich wieder einmal selbst übertroffen. Ihr Magen beruhigte sich allmählich.

Genüßlich aß Tess den Teller leer. Candlelight, Rotwein, Pasta – eigentlich ein perfekter Abend. Wenn nicht die beiden Jeansärsche nebenan auf ihrem Bett gehockt hätten.

Weil's so lecker war, nahm Tess sich noch eine zweite Portion und trank ein zweites Glas Rotwein.

Schließlich war sie pappsatt und ein klein wenig angesäuselt. Über einem dritten Glas Wein stellte sie erneut ernsthafte Überlegungen an. Ganz klar, Max mußte verschwinden, je eher desto besser. Hatte sie ihm vorhin noch drei Tage geben wollen? War sie etwa von allen guten Geistern verlassen gewesen? Drei Tage waren viel zuviel. Auch drei Stunden waren noch großzügig kalkuliert.

Sein Krempel war jedenfalls in drei Minuten zusammengepackt. Da war ja auch nicht viel. Sein Rasierzeug, seine Zahnbürste, die angeschmuddelten Klamotten, jede Menge stinkende Turnschuhe für jeden Zweck, ein Buch mit dem Titel ›Die Schwarzenegger-Diät‹ und ein Rucksack, in welchem seine Studienunterlagen vor sich hin moderten – mit mehr war er nicht hier eingezogen. Der Rest seines Eigentums lagerte immer noch zu Hause in seinem Kinderzimmer.

»Trüffelchen?« Die Endausscheidung befand sich offenbar in einer Werbepause. »Wo bleibt denn das Essen?« Max steckte seinen Kopf wieder zur Tür herein und betrachtete die satte Tess voller Staunen. »Hey, hast du etwa ohne uns gegessen?«

Tess nickte.

»War köstlich«, sagte sie, wobei sie mühsam einen Rülpser unterdrückte. »Ich hab' euch nichts gebracht, weil ich keine Servietten hatte. Hör mal, Max, ich muß unbedingt ...«

»Hattest du Angst um deine Bettwäsche?« Max schüttelte den Kopf. »Also echt, typisch Frau.«

Er hob den Deckel vom Topf. Der Nudelberg war ordentlich geschrumpft. Tess mußte selber staunen. Und das hatte sie alles ganz allein vertilgt?

»Ist ja nur noch was für den hohlen Zahn«, beschwerte sich Max. »Da wird ja nicht mal einer von satt. Hast du denn sonst noch was da?« Er bückte sich zum Kühlschrank hinab.

»Max! Ich muß mit dir reden! Es ist wichtig!«

»Nur Joghurt!« klagte Max. »Scheiße.«

Tess sehnte zum zweiten Mal an diesem Abend ein Gewehr herbei. Sie zwang sich aber, ruhig nach ihrem Glas zu greifen und einen großen Schluck Wein zu nehmen.

»Ich muß mit dir reden«, wiederholte sie dann langsam.

»Nachher, ja?« Max warf die Kühlschranktür zu. »Na ja, macht nichts, dann bestellen wir uns eben eine Pizza.« Mit hungrigen Schritten ging er in den Flur hinaus zum Telefon.

Tess erhob sich und folgte ihm leicht schwankend. »Hände weg vom Telefon!«

»Wie bitte?«

»Max! Es fängt wieder an!« schrie Uli aus dem Schlafzimmer.

»Ich komme sofort. Ich bestelle uns nur schnell eine Pizza. Tess hat die ganzen Nudeln allein aufgegessen.«

Im Schlafzimmer herrschte empörtes Schweigen.

»Hände weg vom Telefon«, wiederholte Tess.

»Spinnst du?« sagte Max. »Was ist denn los mit dir? Erst frißt du die ganzen Nudeln in dich rein, und jetzt sagst du, ich darf nicht telefonieren. Das ist ja wohl auch mein Telefon!«

»Nein, du Idiot«, sagte Tess bestimmt. »Das ist mein Telefon. Meine Nudeln. Meine Joghurts. Mein Bett. Mein Fernseher. Meine Wohnung!«

Max tippte sich mit dem Finger an die Stirn. »Also echt, die Hormone bei euch Frauen versetzen mich immer wieder in Erstaunen. Nimm ein Aspirin und leg dich aufs Sofa, vielleicht wird es dann besser.« Mit diesen Worten ließ er die verdutzte Tess im Flur stehen.

»Tess hat ihre Tage oder so«, hörte sie ihn im Schlafzimmer sagen. »Völlig ungenießbar. Die Pizza bestelle ich in der nächsten Pause.«

Tess schwankte hin und her, ohne zu wissen, ob vor Wut oder wegen des Rotweines. Jetzt war hier aber Schluß mit lustig! Ohne besagte Kalaschnikoff war es offenbar ein hartes Stück Arbeit, zwei Männer aus der Wohnung zu werfen. Sie konnte natürlich hineingehen und Max sehr sachlich auseinandersetzen, daß es vorbei war und er auf der Stelle mit Sack und Pack zu verschwinden habe. Aber was, wenn die beiden einfach auf dem Bett sitzen blieben und ihr einen Vogel zeigten?

»Laß uns nachher darüber reden, Trüffelchen, du siehst doch, jetzt geht es wirklich nicht. Nimm ein Aspirin und leg dich so lange aufs Sofa.«

Es war ihnen durchaus zuzutrauen. Und sie würde es wohl kaum schaffen, zwei ausgewachsene Kerle an den Hosenbeinen hinaus ins Treppenhaus zu schleifen.

Sie überlegte. Ohne Zweifel gab es noch andere Waffen. Da war zum Beispiel das Selbstverteidigungsspray, das sie in ihrer Handtasche trug. Sie konnte ins Schlafzimmer stürmen, das Zeug versprühen und die Tür von außen verschließen. Nein, das war eine alberne Idee.

Was blieb sonst noch? Das Brotmesser? Wie irre die Augen rollen und dabei kreischen: »Ihr werdet jetzt sofort die Wohnung verlassen, oder ich schlitze euch auf!« Nein, wie geschmacklos. Das gleiche galt für die gußeiserne Bratpfanne. Leichte Schläge auf den Hinterkopf fördern zwar die Durchblutung …

Sie mußte sich schon etwas anderes ausdenken, als die beiden unter Androhung von Waffengewalt aus der Wohnung zu scheuchen. Sie konnte natürlich Verstärkung anfordern. Lukas würde bestimmt kommen und helfen. Aber da heute Dienstag war, wußte sie ihn bei den Proben mit seiner Band. Blieben noch diverse Freundinnen, aber die waren ja genausowenig zu Gewalttaten fähig wie Tess.

Nein, hier waren eindeutig List und Tücke gefragt. Und eine gründliche Vorbereitung. Das meiste von Max' Zeug hatte sie ja schon in seine Sporttasche gestopft, der Rest war blitzschnell gepackt.

Kurzentschlossen nahm Tess Max' schimmelgrünen Rucksack mit ins Bad und packte alles hinein, was Max gehörte, einschließlich des Eau de Toilettes, das sie ihm geschenkt hatte. Schließlich wollte sie nicht so kleinlich sein, es zu behalten, auch wenn es noch fast voll war und gut roch.

Im Wohnzimmer fand sie eine Ausgabe von ›Sport‹, seinen Taschenkalender und zwei CDs, die ihm gehörten. Alles hinein in den schimmelgrünen Rucksack.

Sie sah sich um. Von der Unordnung mal abgesehen, die Max auch unter ihren Besitztümern angerichtet hatte, schienen damit alle Spuren von Max getilgt zu sein. Sie brauchte jetzt nur noch seinen Wohnungsschlüssel, dann gab es kein Zurück mehr. Sie faßte in die Tasche seiner Jeansjacke, die vor der Garderobe auf dem Boden lag. Da war er auch schon, einzeln, ohne Schlüsselbund. Es wäre nur eine Frage der Zeit gewesen, bis wann er ihn verloren hätte. Sie steckte ihn in ihre Hosentasche und grinste.

So, und jetzt kam Phase zwei. Max und Uli mußten aus der Wohnung gelockt und die Tür hinter ihnen geschlossen werden. Das war auch schon alles. Tess hatte einen großartigen Plan.

Sie mußte nur den Küchenschrank zur Seite schieben, um an den Sicherungskasten zu gelangen. Der Küchenschrank war eine Antiquität aus den zwanziger Jahren und aus massivem Holz. Dennoch schaffte sie es, ihn zur Seite zu rücken, indem sie sich mit der Schulter dagegen stemmte. Sie öffnete die Klappe des Sicherungskastens an der Wand und legte den Hauptsicherungsschalter um.

Schlagartig erlosch das Licht. Der Fernseher nebenan verstummte.

Tess schloß den Sicherungskasten, schob den Schrank davor und setzte sich in der Küche auf ihren Stuhl. Hier brannte immer noch die Kerze und tauchte Max' erstauntes Gesicht in warmes, romantisches Licht, als er nur eine Sekunde später in der Tür erschien.

»Was'n los? Der Fernseher ist ausgegangen.«

»Ist wohl ein Stromausfall«, erwiderte Tess ruhig.

Max trat ans Fenster. »Nee, die anderen Wohnungen haben ja noch alle Licht. Da ist eine Sicherung rausgeflogen. Wo ist denn der Sicherungskasten?«

»Im Keller«, log Tess.

»Trüffelchen, könntest du dann bitte mal gehen und die Sicherung wieder reintun?«

»Ich?«

»Ja, das ist schließlich deine Wohnung.« Max grinste. »Hast du eben selber noch gesagt.«

»Ich finde es eigentlich ganz gemütlich so ohne Strom«, sagte Tess listig. »Außerdem habe ich keinen blassen Schimmer von diesem elektrischen Kram.«

Max seufzte genervt. »Ja, das ist typisch. Wenn's Arbeit gibt, läßt du das zarte Frauchen raushängen. Wo genau ist denn der Kasten im Keller?«

»Ganz hintendurch«, log Tess. »Für jede Wohnung einer. Meiner hat die Nummer fünf.«

»Also gut. Sag Uli, daß es gleich weitergeht.«

Tess wartete, bis die Wohnungstür hinter Max zufiel, dann tastete sie sich nach nebenan zu Uli. Er lag bäuchlings auf dem Bett und starrte auf den schwarzen Bildschirm, lediglich beleuchtet vom spärlichen Licht der Straßenlaterne, das von draußen hereinfiel. Immerhin reichte das, um zu erkennen, daß er noch seine Schuhe anhatte! In ihrem Bett!!!

»Max ist im Keller wegen der Sicherung«, sagte sie und zwang sich, nicht daran zu denken, in welche Hundehaufen Uli heute so alles getreten war. »Ich habe ihm dummerweise die falsche Nummer gesagt. Er macht jetzt den Sicherungskasten von Nummer fünf auf, dabei ist es Nummer sechs.«

»Dann lauf ihm doch nach«, sagte Hundehaufen-Uli.

»Geht nicht, ich habe keine Schuhe an«, erwiderte Tess und lächelte, so lieb sie konnte. »Würdest du bitte …?«

Uli erhob sich mürrisch. »Es war gerade so spannend. Ich meine, bevor der Strom ausfiel …«

»Je eher du gehst, desto eher könnt ihr weitergucken. Nummer sechs, sag ihm das«, meinte Tess und schob ihn ungeduldig zur Tür. »Ich bestelle euch in der Zwischenzeit eine Pizza.«

Ulis Laune besserte sich etwas. »Für mich bitte eine mit Thunfisch.«

»Thunfisch, wird gemacht«, sagte Tess, schob ihn endgültig vor die Tür und stieß einen Seufzer der Erleichterung aus. Das war geschafft. Und ganz ohne Gewalt.

Jetzt mußte sie nur noch den ganzen Kram hinausschaffen. Am besten durchs Fenster, dann ersparte sie Max die Schlepperei.

Triumphierend legte sie die Sicherheitskette vor.

2.

Völlig neue Perspektiven

»Ich höre wohl nicht recht!« sagte Lukas ungläubig. »Du hast die ganzen Sachen auf den Bürgersteig geworfen? Aus dem dritten Stock?«

»Ja. Es ist nichts kaputtgegangen, wenn du das meinst. Es hat zwar ein bißchen geklirrt, aber das war nur das Eau de Toilette, das ich Max geschenkt hatte. Ich hätte es wohl besser behalten sollen.«

»Hattest du keine Angst, daß er die Tür eintritt?« erkundigte sich Rike atemlos. Es war neun Uhr morgens, und Lukas, Rike und Tess hielten ihre Frühstückspause ab. Das heißt, Lukas frühstückte, die beiden Mädchen machten Pause ohne Frühstück.

»Max und die Tür eintreten?« Tess schüttelte den Kopf. »Der doch nicht. Er sagte nur, er könne mich überhaupt nicht verstehen, und ob ich meine Tage hätte, und daß er wiederkäme, wenn es mir bessergehe und das Spiel vorbei sei. Ich habe versucht, ihm die Tasche auf den Kopf zu werfen, aber ich habe leider nur seinen Freund Uli getroffen. Na, er hatte es auch verdient, weil er mit seinen dreckigen Schuhen auf meinem Kopfkissen gelegen hatte!«

»Besser als barfuß«, murmelte Lukas trocken.

»Wie ging es weiter?« wollte Rike wissen.

»Ein paar Nachbarn standen an den Fenstern und guckten zu, und das war Max wohl peinlich. Sie haben die Sachen eingesammelt und sind abgehauen. Wahrscheinlich auf der Suche nach einem anderen Fernseher, wo sie diese Endausscheidungsspiele ansehen konnten.«

»Endausscheidung von was?« erkundigte sich Lukas.

»Keine Ahnung.«

»Wahnsinn! Wie im Film«, flüsterte Rike. »Ich würde soooo gern auch mal dem Archibald die Sachen aus dem Fenster schmeißen.«

»Ja, so was tut gut. Ich jedenfalls fühle mich wie neu geboren.« Tess strahlte zur Bestätigung über das ganze Gesicht.

»Tatsächlich?« fragte Lukas skeptisch.

»Ganz sicher. Wenn ich nur daran denke, wie ich es drei Monate mit ihm aushalten konnte …« Tess schüttelte sich. »Ach, denkt euch, endlich wieder Ruhe und Ordnung in der Wohnung. Keiner mehr, der morgens noch im Bett liegt und schnarcht, wenn der Wecker klingelt, kein Abfall mehr, über den man hinwegklettern muß, wenn man aus dem Bett steigt, und im Badezimmer erwartet einen nichts als Ordnung. Keine braunen Streifen mehr im Klo …«

»Guten Appetit«, unterbrach sie Lukas und biß in sein Frühstücksbrot.

»Ich beneide dich ja so«, seufzte Rike. »Ich wünschte, ich wäre auch wieder Single.«

»Aber wieso denn? Du hast doch ein gutverdienendes Musterexemplar bei dir zu Hause«, sagte Lukas. »Das hinterläßt sicher keine braunen Spuren im Klo.«

»Na ja, das nicht, aber … so gut verdient er auch wieder nicht. Archibald ist ja nur Krankenpfleger«, sagte Rike mit leiser Verachtung in der Stimme. Seit ihre

Schwester nicht mehr da war, um sie wegen Archibald zu beneiden, behielt sie ihn nur noch als eine Art Statussymbol. Und auch nur deshalb, weil Tess auch einen Freund hatte.

»Na und? Unordentlich ist er jedenfalls nicht«, versetzte Tess. »Das hast du mir selber gesagt. Er kocht, er spült, er putzt. Und er massiert dir jeden Abend die Schultern. Ich bitte dich. So einen hätte ich auch nicht rausgeworfen.«

»Trotzdem, ich wäre auch gern wieder ein Single«, beharrte Rike. »Und meine Wohnung hätte ich auch gern mal wieder für mich. Obwohl – eigentlich ist es ja auch seine Wohnung.«

Lukas fuhr sich mit dem Handrücken über den Mund.

»Verstehe mal einer die Frauen«, seufzte er und zuckte im gleichen Augenblick zusammen.

Hinter ihnen ging nämlich ruckartig die Tür auf, und Helena Brück-Dillheimer, ihres Zeichens Leiterin der Abteilung für Presse- und Öffentlichkeitsarbeit der Niessing-Chemie-Konzerngruppe, trat ein.

Rike, Tess und Lukas schafften es nicht rechtzeitig, ihre Bürostühle wieder hinter ihre eigenen Schreibtische zu fahren, und schauten ihrer Chefin betreten entgegen. Sie waren sich nämlich durchaus darüber im klaren, daß ihre Frühstückspause schon eine Viertelstunde länger dauerte als erlaubt.

»Ich hoffe sehr, daß es sich hier um eine Arbeitsbesprechung handelt«, sagte Helena Brück-Dillheimer erwartungsgemäß, aber der Tonfall war für ihre Verhältnisse erstaunlich milde, wie die drei verblüfft registrierten.

Was war los? Frau Brück-Dillheimer trug doch nicht umsonst den Spitznamen Brüll-Duckeimer! Wenn sie brüllte, duckte man sich unwillkürlich und fühlte sich völlig im Eimer.

»Wir haben unsere Frühstückspause mit einiger Verspätung angetreten«, erklärte Lukas, um zu retten, was zu retten war. »Und selbstverständlich nehmen wir in dieser Zeit trotzdem Telefonanrufe entgegen.«

»Selbstverständlich tun Sie das«, sagte die Chefin, immer noch ausgesprochen freundlich. »Ich weiß doch, daß man sich auf Sie alle verlassen kann.«

Tess, Rike und Lukas starrten sie mit offenem Mund an. Ein Lob aus Brüll-Duckeimers Mund? Das war noch nie dagewesen. Lukas sagte später, er habe in diesem Augenblick die Theorie entwickelt, Außerirdische hätten die gute Helena entführt und einen von ihnen in ihrem Körper wieder hinab auf die Erde geschickt.

»Doch, doch«, beteuerte Frau Brück-Dillheimer in die erstaunten Gesichter. »Sie sind wirklich alle drei prima Mitarbeiter. Das habe ich gerade Herrn Werner vom Personalbüro auch gesagt. Alle drei kommen in Frage, habe ich ihm gesagt, alle drei.«

Rike, Tess und Lukas tauschten einen verwirrten Blick.

»Wofür kommen wir in Frage?« brachte Tess hervor.

Frau Brück-Dillheimer lächelte!!!

Frau Brüll-Duckeimer *lächelte!!!* Und zwar nicht dieses eher furchteinflößende Verziehen der Oberlippe, das sonst nur ab vier Dioptrien als Lächeln durchgehen konnte, sondern ein richtig breites, freundliches Lächeln, bei dem sich sogar ein Grübchen in der Wange bildete.

Es war einfach nicht zu fassen.

»Nun, das ist vorläufig noch ein Geheimnis«, sagte sie. »Aber ich kann Ihnen schon mal verraten, daß ich Sie bald verlassen werde.«

Entweder, sie ist verrückt geworden, oder sie hat im Lotto gewonnen, dachte Tess. Oder vielleicht beides.

Die armen Außerirdischen werden da oben ganz schön Ärger mit der echten Brüll-Duckeimer haben, dachte Lukas.

Sie wird uns verlassen, hurra! dachte Rike.

Sie sehen alle drei aus wie beschwipste Brüllaffen, dachte Helena Brück-Dillheimer. Sie müssen noch lernen, ihre Gesichtszüge unter Kontrolle zu halten.

Laut sagte sie: »Sie werden es früh genug erfahren, und jetzt an die Arbeit, wenn ich bitten darf.«

Sie rauschte an ihnen vorbei in ihr eigenes Büro und schloß die Tür mit Nachdruck.

»Sie ist zum Geschäftsführer aufgestiegen«, sagte Tess. »Nur deshalb hat sie gelächelt!«

Lukas schüttelte den Kopf. »Ich habe dafür nur eine Erklärung, und wenn ich die laut äußere, werde ich in eine geschlossene Anstalt eingewiesen.«

Völlig verwirrt schoben sie ihre Stühle hinter die Schreibtische und begannen mit der Arbeit.

Das Referat für Presse- und Öffentlichkeitsarbeit der Niessing-Chemie-Konzerngruppe bestand aus der Referatsleiterin Helena Brück-Dillheimer und den drei Referenten Lukas Schweighöfer, Teresa Simon, genannt Tess, und Frederike Falk, genannt Rike. Sie waren für das Image des Konzernriesen zuständig, gaben eine kleine Mitarbeiterzeitschrift heraus, verfaßten den Jahresgeschäftsbericht und diverse Presseinformationen, kümmerten sich um Spenden, Stiftungen und ein Firmenarchiv und organisierten den alljährlichen Tag der offenen Tür.

Vor dem Büro der drei Referenten gab es ein Zimmer für die beiden Schreib- und Telefonkräfte, zwei Sekretärinnen vom alten Schlag, Frau Norgel – zu Recht Frau Nörgel genannt – und Frau Scheuermeyer, gemeinerweise Frau Scheuereimer genannt, beides natürlich nur hinter dem Rücken der beiden Damen. Mit ihnen war nicht gut Kirschen essen. Sie waren ungefähr doppelt so alt wie die Referenten und taten sich sehr schwer damit, von ihnen Anweisungen entgegenzunehmen. Im Gegenteil, eigentlich fanden sie, daß sie den »Kindern« noch etwas beibringen konnten. Weniger in beruflicher als in privater Hinsicht.

»Also hör doch mal auf eine erfahrene Frau, Herr Schweighöfer, und trag nicht immer diese ausgebeulten Jeanshosen. So was gefällt uns Frauen nicht. Ich hab' meinem Sohn auch eine schöne Bundfaltenhose geschenkt, und ein Jahr später war er verheiratet. Ja, kannste glauben!«

Das Recht, alle Welt zu duzen, nahmen sich Frau Norgel und Frau Scheuermeyer einfach heraus, allerdings sagten sie höflicherweise weiterhin den Nachnamen und Herr oder Frau.

»In deinem Alter war ich längst verheiratet, Frau Simon, wilde Ehe, so was gab es bei uns damals gar nicht. Und der Anorak da, der steht dir nicht, weil du eindeutig der Herbsttyp bist. Nicht wahr, Frau Norgel, die Frau Simon ist doch Herbst mit den roten Haaren und den Sommersprossen? Da ist Zitronengelb ganz schlecht, besser wäre Bernstein oder noch besser Grün.«

Meistens waren sich Frau Norgel und Frau Scheuermeyer einig. Sie hatten jede Menge Gemeinsamkeiten: erwachsene Kinder, einen geschiedenen Mann, die gleiche Fönfrisur und eine Vorliebe für fliederfarbene Jerseykostüme und seidene Halstücher, die mit goldenen Broschen auf dem Revers festgesteckt wurden. Sie hielten alle beide praktisch das ganze Jahr durch Diät, ob Ananas-, Hollywood-, Trennkost-, Brigitte-, Spargel- oder Kartoffeldiät – die beiden kannten sie alle und hielten sich trotzdem zu jeder Zeit für mindestens zwanzig Pfund zu dick. Einig waren sie sich auch darin, daß es sich nach Prinzessin Dianas tragischem Unfall nicht mehr lohnte, eine Illustrierte auch nur aufzuschlagen (was sie natürlich trotzdem taten). Es verging kein Tag, an dem sie die armen Prinzen William und Harry nicht bedauerten und keine Haßbezeugungen gegen die böse Camilla ausstießen. Im Sommer wollten sie gemeinsam zu einer Prinzessin-Diana-Gedächtnis-Reise antreten, bei der man wichtige Stationen im Leben der Prinzessin abklappern würde, unter kundiger Führung eines echten Diana-Experten.

Wie gesagt, Frau Norgel und Frau Scheuermeyer verstanden sich prächtig – bis auf zwei, drei Ausnahmen im Jahr. Da bekamen sie sich wegen irgend etwas – in der Regel einer Kleinigkeit – in die Haare und waren sich ein paar Tage lang spinnefeind. In dieser Zeit buhlten sie gleichermaßen um die Gunst der drei Referenten und der Referatsleiterin, verwöhnten sie mit selbstgebackenem Kuchen und unaufgeforderten Nackenmassagen und brachten die Schreibarbeiten in Rekordzeit zur Unterschrift herein. Alles unter der Voraussetzung, daß man sich haarklein die angeblichen

Gemeinheiten der Kontrahentin anhörte und gefälligst Partei ergriff.

So spaltete sich die Abteilung von Zeit zu Zeit in ein Nörgel- und in ein Scheuereimer-Lager, bis der Streit dann endlich behoben wurde und der Normalzustand einkehrte. Tess und Rike mochten Frau Scheuermeyer lieber, Lukas und die Chefin schlugen sich in der Regel auf Frau Norgels Seite.

Im Augenblick herrschte aber Burgfrieden zwischen den beiden, und sie machten sich ebenfalls Gedanken zu Frau Brück-Dillheimers eigenartigem Gemütszustand. Es dauerte keine zehn Minuten, da standen Frau Norgel und Frau Scheuermeyer im Büro der Referenten und behaupteten, Frau Brück-Dillheimer in den fünfzehn Jahren, in denen sie nun schon bei Niessing arbeitete, niemals so aufgekratzt erlebt zu haben.

»Mann, fünfzehn Jahre arbeitet die schon hier?« fragte Rike. »*So* alt hätte ich die auch wieder nicht geschätzt.«

»*Die* ist einundvierzig«, sagte Frau Scheuermeyer spitz. »Direkt nach dem Studium hat sie hier angefangen, und niemals, *niemals* hab' ich sie so lächeln sehen wie heute. Du etwa, Frau Norgel?«

»Niemals«, bestätigte Frau Norgel. »Da steckt bestimmt ein Mann dahinter!«

»Aber unsere Frau Brüll-Duckeimer ist doch verheiratet«, wandte Tess ein. »Mit Herrn Duckeimer. Äh, Dillheimer.«

»Nä, mit Herrn Brück«, verbesserte Frau Norgel. »Dillheimer hieß sie schon früher. Fräulein Dillheimer! Gelacht hat die jedenfalls nie! Auch nicht, als sie noch ein Fräulein war.«

»Nie«, bekräftigte Frau Scheuermeyer. »Das geht nicht mit rechten Dingen zu, wenn ihr mich fragt.«

Im Vorzimmer klingelte das Telefon.

»Das muß warten«, meinte Frau Norgel. »Wir haben hier ein rätselhaftes Phänomen zu klären.«

»Ein unbekanntes Phänomen«, murmelte Lukas. Ein Fall für Agent Mulder.«

Jetzt klingelten im Vorzimmer gleich zwei Telefone.

»Was meint ihr, hat sie einen Neuen?« fragte Frau Scheuermeyer.

»Mit einundvierzig?« rief Rike aus, ohne daran zu denken, daß die beiden Sekretärinnen schon die Fünfzig überschritten hatten und dennoch eifrig auf Bekanntschaftsanzeigen antworteten. »Mit einundvierzig kriegt man doch keinen Mann mehr ab. Höchstens einen neuen Job.«

»Keinen Mann mehr? Bei *den* Beinen? Das ist doch Blödsinn. Die Frau sieht aus wie Prinzessin Diana«, empörte sich Frau Norgel, und Frau Scheuermeyer nickte heftig, während sie sich im Gedenken an die verehrte Verstorbene bekreuzigte.

»Ich sag' euch, wenn Augen so glänzen, da stecken auf jeden Fall die Hormone dahinter!«

Die Telefone nebenan klingelten sich heiß.

»Und warum sollte sie uns wegen eines neuen Mannes verlassen wollen?« fragte Lukas.

»Weil ...« Frau Norgel stockte und überlegte fieberhaft.

»Weil er vielleicht ein berühmter Filmstar ist und sie mit nach Hollywood nimmt«, sprang Frau Scheuermeyer sofort in die Bresche.

Rike lachte. »Hollywoodstar – ich glaub', ich spinne. Als ob Brad Pitt was mit der Brück-Geröllheimer anfangen würde!«

»Wer ist Brett Pritt?« fragte Frau Norgel.

»Ich dachte mehr an einen gestandenen Mann«, ließ Frau Scheuermeyer verlauten. »Wie Robert Redford zum Beispiel. Der ist schließlich auch nicht mehr der Jüngste mit all seinen Runzeln im Gesicht – das kommt vom vielen Sonnenbaden da drüben in Hollywood, sag' ich immer – gell, Frau Norgel, das sag' ich doch immer –, und der Robert Redford hat ja schon der Demi Moore eine Million geboten, damit sie mit ihm ins Bett geht. Vielleicht hat unsere Helena schon bei weniger ja gesagt. Zumal der Dollar ja auch mehr wert ...«

Sie stockte, weil die Tür vom Referatsleiterbüro abrupt aufgerissen wurde. Alle Anwesenden zuckten schuldbewußt zusammen. Die Telefone nebenan klingelten immer noch erbarmungswürdig. Jetzt würde es eine Standpauke geben, die sich gewaschen hatte. Frau Norgel und Frau Scheuermeyer zogen schon mal vorsorglich die Köpfe ein.

Aber die Chefin würdigte sie nicht einmal eines Blikkes. Sie stürzte im Laufschritt an dem versammelten Mitarbeiterkrisenstab vorbei, die Hand auf den Mund gepreßt. Sie hörten ihre Absätze im Flur klappern und in die Damentoilette einschwenken.

Alle starrten ihr mit offenen Mündern hinterher.

»Ich hätte nie gedacht, daß man in solchen Pumps so schnell rennen kann«, murmelte Tess.

»Das sah aus, als müßte sie sich übergeben«, konstatierte Frau Norgel.

»Das hat sie in fünfzehn Jahren ...« Frau Scheuermeyer, hielt sich die Hand vor den Mund und hechelte unkontrolliert.

Die anderen musterten sie besorgt.

»Die Hormone«, gurgelte sie schließlich hervor. »Ich sagte doch, das sind die Hormone. Aber das hat nichts mit Robert Redford zu tun. Nä! Das war der Herr Brück höchstpersönlich.«

»Wie bitte!«

»Verstehe ich nicht!«

»Verständige doch endlich jemand Agent Mulder«, verlangte Lukas. »Wir haben hier jede Menge unerklärlicher Phänomene.«

»Ja, versteht ihr denn nicht?« rief Frau Scheuermeyer, aufgeregt atmend. »Unsere Chefin ist ganz einfach schwanger.«

Die anderen starrten sie nur an.

»Schwanger! Guter Hoffnung! Erwartet ein Baby! Hat einen Braten in der Röhre!«

»Frau Scheuermeyer, ich bitte dich!« sagte Frau Norgel, völlig schockiert über die unanständigen Ausdrücke ihrer Freundin. »Aber es könnte stimmen. Als ich meine Sabrina erwartete, da mußte ich auch immer so plötzlich brechen. Da hättet ihr mich mal rennen sehen sollen! Allerdings war ich da auch noch achtzehn Pfund leichter. Mit soooo einer Taille!«

»Aber das geht doch gar nicht«, sagte Rike. »Die ist doch uralt! Hat die Menopause längst hinter sich.«

»Erstens ist sie erst knapp über Vierzig, und zweitens ist das auch mit Sechzig heutzutage kein Problem mehr«, sagte Frau Scheuermeyer, die wieder zu Atem gekommen war. »Da hat doch jetzt in Italien eine Frau noch ein Kind gekriegt, die nur unwesentlich jünger als meine Mutter war.«

»Schwanger!« Tess nickte langsam. »Na ja. Bei Frauen über Vierzig löst das manchmal eine solche Euphorie aus – das sieht man jedenfalls manchmal im Fernsehen.«

»Willst du damit sagen, sie und ihr Mann haben noch Sex miteinander?« murmelte Rike entgeistert vor sich hin. »Das ist ja Mumienschändung.«

»Ja, auf jeden Fall bekommen wir dann einen neuen Abteilungsleiter«, sagte Frau Norgel, die das mit der Mumienschändung glücklicherweise überhört hatte.

Frau Scheuermeyer sah wichtigtuerisch in die Runde.

»Vielleicht wird es ja einer von euch!«

Rike, Lukas und Tess sahen einander an. Einer von ihnen sollte Abteilungsleiter werden? Da taten sich ja ganz neue Perspektiven auf.

Das bekannte Geräusch der klappernden Absätze kam wieder näher. Frau Scheuermeyer und Frau Norgel hechteten zurück ins Vorzimmer. Eine Sekunde später verstummte das schrille Klingeln der Telefone.

Wann genau Tess merkte, daß Rike ihr grundsätzlich alles nachmachte, ist im nachhinein nicht mehr nachvollziehbar. Lukas meinte später, daß er es von Anfang an bemerkt und seltsam gefunden habe, aber Tess sagte, hinterher sei man immer klüger.

Tatsache ist, daß ein gewisses Maß von Nachäfferei für den, der das Vorbild darstellt, sogar schmeichelhaft sein kann. Es zeugt schließlich davon, daß man einen guten Geschmack hat.

Mit anderen Worten: Tess gingen Rikes Komplimente, die sich auf ihr Haar und ihre schönen Klamotten bezogen, runter wie Öl, und sie war kein bißchen böse, als Rike sich beim Friseur feuerrote Locken machen ließ, die ihrer eigenen, von der Natur geschenkten Mähne ziemlich ähnlich sahen. Auch daß Rike dazu neigte, die gleichen Kleidungsstücke zu kaufen, machte Tess nicht viel aus. Schließlich trug sie keine maßgefertigten Modellkleiderunikate, sondern Sachen von der Stange – also, was sollte es?

Sie kannte Rike noch nicht lange genug, um zu wissen, daß dies nur der Anfang war. Rike arbeitete erst seit drei Monaten in der Abteilung Presse- und Öffentlichkeitsarbeit. Vorher hatte sie in der Werbeabteilung gearbeitet. Ihren Job im Pressereferat hatte bis dahin ihre Schwester Andrea innegehabt, aber die war vor einem Vierteljahr für unbestimmte Zeit nach Australien gegangen. (Von dort erreichten die Abteilung seither ab und zu lustige Postkarten mit Känguruhs und Koalabären drauf.) Rike hatte ihre Stelle übernommen und sich auf Anhieb sehr gut mit Lukas und Tess verstanden. Sie waren alle drei etwa gleichaltrig – Lukas siebenundzwanzig, Tess und Rike dreiundzwanzig. Obwohl sie unterschiedliche berufliche Werdegänge aufzuweisen hatten, konnten sie sehr gut im Team zusammenarbeiten.

Lukas hatte seinen Magister in Publizistik und Geschichte gemacht und war während des Studiums mehrere Jahre freiberuflich als Journalist für diverse Lokalzeitungen tätig gewesen. Er war seit zwei Jahren in dieser Abteilung, genausolang wie Tess.

Tess hatte ihr Germanistikstudium abgebrochen und war über eine Zeitarbeitsfirma bei Niessing gelandet, als sie sich zwecks Überbrückung diverser finanzieller Engpässe als Telefonistin hatte vermitteln lassen. Frau Brück-Dillheimer war von ihr so angetan gewesen, daß sie ihr eine Festanstellung und betriebsinterne Weiterbildungsmaßnahmen angeboten hatte. Jetzt, nach fast zwei Jahren Abendschule, durfte Tess sich »Public Relation Manager« nennen, jedenfalls stand das auf dem Zertifikat, das sie von der Angestelltenakademie erhalten hatte.

Rike schließlich hatte eine Ausbildung zur Werbekauffrau gemacht, genau wie ihre Schwester und es anschließend – ebenfalls wie ihre Schwester – über innerbetriebliche Fortbildungsmaßnahmen zum Fachwirt für PR gebracht. Man hatte sie aber in Ermangelung freier Stellen zunächst in der Personalabteilung untergebracht. Erst als ihre Schwester Andrea (Australien hab sie selig!) gekündigt hatte, war ein Job für Rike frei geworden, den sie mit Vergnügen übernommen hatte. Hier ging es viel lustiger zu als in der eher trockenen Personalabteilung, und sie bekam sogar noch etwas mehr Gehalt. Sie hoffte, daß Andrea noch möglichst lange auf der anderen Seite der Welt blieb.

Der einzige Wermutstropfen war der anonyme Anrufer, der Rike seit dem Stellenwechsel regelmäßig belästigte. Der ›abartige Alois‹, wie Tess und sie den Anrufer getauft hatten, um eine Art ›Arbeitstitel‹ für den Mann zu haben, besagter abartiger Alois wählte beinahe jeden Tag Rikes Nummer, um ihr mit rauchiger, nicht mal unsympathischer Stimme mitzuteilen, daß er sie gerne nackt mit Handschellen an einen Heizkörper ketten und mit Pudding einreiben wolle.

Das unheimliche am abartigen Alois waren nicht in erster Linie seine eher harmlosen Sadomaso-Phantasien, sondern die Tatsache, daß er innerhalb des Betriebsgebäudes anrief. Bei externen Anrufern klingelte das Telefon zweimal hintereinander, bei internen Anrufern, wie dem von Alois, nur einmal. Der abartige Alois war demnach also ein Mitarbeiter der Niessing AG und konnte eigentlich jeder sein. Außer Lukas, der schon Zeuge einiger abartiger Alois-Anrufe gewesen war und daher als Verdächtiger ausschied.

Die drei machten sich manchmal einen Spaß daraus, zu raten, wer von den über tausend Mitarbeitern der männlichen Belegschaft wohl dahinterstecken mochte. Wenn sie in der Kantine ein besonders gutaussehendes Exemplar sichteten, sagte Rike etwa: »Also, von dem würde ich mich gerne mal mit Pudding einschmieren lassen.«

Insgesamt schienen jedoch mehr die Typen zu dominieren, von denen man sich weniger gern an einen Heizkörper ketten lassen wollte.

»Leider«, sagte Rike bedauernd.

Tess hatte größere Bedenken wegen des abartigen Alois als Rike. Sie fand es angsteinflößend, daß er Rikes Namen kannte und auch immer wußte, was sie am jeweiligen Tag trug.

»Ich würde dir deinen schwarzen Rock abstreifen und dir die grüne Bluse so heftig vom Leib reißen, daß die Knöpfe wie Geschosse durch die Luft sausen würden«, sagte er beispielsweise, wenn Rike eben diese Klamotten anhatte.

»Solange er im Konjunktiv spricht, ist er harmlos«, meinte Lukas, und auch Rike hatte nicht vor, eine Fangschaltung legen zu lassen und den Unbekannten bei der Geschäftsleitung anzuschwärzen.

»Wer weiß, vielleicht ist es ja am Ende sogar noch einer von denen«, sagte sie.

Tess war dafür, der Identität des abartigen Alois durch detektivische Recherchen und Tricks auf die Schliche zu kommen, aber Rike winkte ab. Sie wolle sich nicht ihrer Illusionen berauben, erklärte sie, denn solange sie sich vorstellte, beim abartigen Alois handle es sich um einen schönen jungen Mann, habe sie gar nichts dagegen, daß er sich von Zeit zu Zeit bei ihr meldete.

Und so horchten sie immer alle (neugierig) auf, wenn ein interner Anrufer anklingelte, und wenn es der abartige Alois war, dann stellte Rike selbstlos auf ›Mithören‹ und ließ ihre Kollegen – einschließlich Frau Scheuermeyer und Frau Norgel, die dafür alles stehen und liegen ließen und aus dem Vorzimmer herbeieilten – an den Ausführungen des abartigen Alois teilhaben.

Frau Norgel und Frau Scheuermeyer waren auch nur halb so entsetzt, wie sie eigentlich hätten sein müssen.

»Ich finde seine Stimme so nett«, sagte Frau Scheuermeyer entschuldigend. »Also, da läuft mir immer so ein wohliger Schauer über den Rücken.«

»Nä, bah, also, mir persönlich liegt so was ja nicht«, sagte Frau Norgel. »Ich würde mich aber nicht wundern, wenn das der Rehbach von der Entwicklungsabteilung wäre. Mit dem war ich einmal aus, und da hat er mich gefragt, ob ich schwarze Unterwäsche trüge. Ich wußte gleich Bescheid, nein danke, so einen Schweinskram mache ich nicht mit. Von der schwarzen Unterwäsche zur Lederpeitsche ist nur ein kleiner Schritt.«

»Der Rehbach ist mindestens sechzig«, sagte Rike beleidigt. »Mein Alois ist viel jünger.«

Lukas, der sich immer köstlich amüsierte, wenn der abartige Alois anrief, war überzeugt, daß es sich hierbei um ein verklemmtes, verkümmertes Männchen handelte, das in der Finanzbuchhaltung oder im Archiv ein unbeachtetes Dasein fristete, noch bei seiner Mutter wohnte und dessen einziger Freund ein Meerschweinchen namens Pucki war.

»Ja, aber eines Tages lauert er Rike auf, entführt sie und bindet sie in seinem Keller an einen Heizkörper«, sagte Tess, ohne zu ahnen, daß es in nicht allzu ferner Zukunft Zeiten geben würde, an denen sie sich eben dies sehnlichst wünschen würde.

Noch aber verstanden sie sich vortrefflich. Rikes Nachahmungszwang beschränkte sich auf das Kopieren von Äußerlichkeiten. Zugegebenermaßen verlief ihr Leben allerdings äußerst einheitlich. Sie hatten den gleichen Job, die gleiche Gehaltsgruppe, gleiche Frisur und Klamotten, und genau wie Tess bisher lebte Rike in einer von Frau Scheuermeyer und Frau Norgel als »wilde Ehe« bezeichneten Lebensgemeinschaft mit ihrem Freund. (Es handelt sich hier übrigens ›immer noch‹ um den bereits erwähnten Rettungssanitäter mit dem bedauernswerten Namen Archibald Rost, den sie ihrer Schwester im Skiurlaub ausgespannt hatte.)

Nun aber bahnten sich drastische Veränderungen in Tess' Leben an. Die erste war der wenig glorreiche, aber effektvolle Rausschmiß von Max, dem Chaoten, und ihre dadurch bedingte Rückkehr zum Singleleben. Die zweite Veränderung hatte etwas mit ihrem Job und Helena Brück-Dillheimer zu tun.

Frau Scheuermeyer hatte mit ihrer Vermutung, das hastige Rennen auf hochhackigen Pumps zum Klo sowie die ungewöhnlich gute und anhaltende Laune der Chefin habe hormonelle Ursachen, voll ins Schwarze getroffen. Schon eine Woche später teilte Frau Brück-

Dillheimer ihren Mitarbeitern die frohe Botschaft höchstpersönlich mit. Obwohl sie von Kopf bis Fuß auf Karriere eingestellt sei, habe sie sich bereits jetzt – sie war im dritten Monat – für einen dreijährigen Erziehungsurlaub entschieden. Das hieß, daß sie eine fähige Schwangerschaftsvertretung benötige, die während dieser drei Jahre die Abteilung leitete.

»Herr Werner« – das war der Personalchef – »und ich sind uns einig, daß hierfür nur jemand aus der Abteilung in Frage kommt. Ich habe ihm erklärt, daß alle drei Referenten gute Qualifikationen aufzuweisen hätten und gleichermaßen engagiert sind«, sagte Frau Brück-Dillheimer.

Lukas, Tess und Rike tauschten verblüffte Blicke. Das hörte sich tatsächlich so an, als würde einer von ihnen zum Nachfolger gekürt.

»Entscheidend wird aber nicht nur Ihre fachliche Kompetenz sein, sonder auch die Dauer Ihrer Betriebszugehörigkeit und Ihre Erfahrung«, fuhr Frau Brück-Dillheimer fort und schenkte Rike – oh, diese Hormone – ein besonders strahlendes Lächeln. »Ich habe Herrn Werner daher vorgeschlagen, sich zwischen Frau Simon« – das war Tess – »und Herrn Schweighöfer« – das war Lukas – »zu entscheiden.«

Rike entgleisten für einen Augenblick die Gesichtszüge. Für einen sehr kurzen Augenblick, aber Helena Brück-Dillheimer hatte es trotzdem bemerkt.

»Ich hoffe, Sie sind nicht enttäuscht, Frau Falk«, sagte sie zu ihr. »Es ist keineswegs so, daß ich Ihre Arbeit nicht schätze, und Ihre Ausbildung ist ebenfalls hervorragend – schließlich war ich es, die Ihre Versetzung hierher befürwortet hat –, aber Sie sind nun mal erst seit drei Monaten hier. Das ist zu kurz, um Sie guten Gewissens für die Leitung der Abteilung empfehlen zu können.«

»Ich verstehe«, stotterte Rike, die überhaupt nichts verstand. Sie war genauso gut wie Tess oder Lukas, also hatte sie auch ein Recht auf diese Stelle. Aber vielleicht war es besser, damit nicht sofort herauszuplatzen. »Natürlich.«

Tess und Lukas sagten nichts. Sie mußten das Gehörte erst mal verdauen. Diese Abteilung zu leiten war keine leichte Aufgabe. Aber so eine Schwangerschaftsvertretung war ein wunderbarer Schritt vorwärts auf der Karriereleiter.

Die Chefin lächelte ihr hormonseliges Lächeln. »Nun, da ich erst in fünf Monaten in Mutterschutz gehe, haben wir noch viel Zeit für diese Entscheidung. Herr Werner möchte sich in den nächsten Wochen einmal eingehend mit Ihnen beiden unterhalten, um zu prüfen, inwieweit Sie der Aufgabe gewachsen sind.«

Tess und Lukas nickten. Rike knirschte unmerklich mit den Zähnen.

»Aber denken Sie daran, es ist nur für drei Jahre.«

Frau Brück-Dillheimer stellte für einen Augenblick das Lächeln ein. »Danach komme ich wieder, und ich versichere Ihnen, ich werde ganz die alte sein.«

Tess und Lukas mußten lachen.

Drei Jahre, dachte Rike erschrocken. Das ist ja eine Ewigkeit! Wäre schon seltsam, wenn Tess plötzlich meine Vorgesetzte würde. Außerdem würde ich ebenfalls gerne Abteilungsleiterin werden ...

»Schon komisch, daß du und ich jetzt um diesen Job konkurrieren, Luke«, sagte Tess zu Lukas. Sie saßen in der Straßenbahn auf dem Weg nach Hause. Seit Frau Brück-Dillheimers großer Eröffnung war eine Woche vergangen, und in der Zwischenzeit hatten diverse Gespräche mit der Personalabteilung stattgefunden.

»Ja, das finde ich auch etwas komisch«, gestand Lukas. »Ich hätte wirklich nichts dagegen, den Job zu bekommen, aber ich würde es dir auch gönnen, ganz ehrlich.«

Tess lächelte ihn erleichtert an. »So geht es mir auch. Ich habe Herrn Werner gesagt, daß ich glaube, daß du vermutlich besser für die Stelle geeignet bist, Luke. Du behältst immer die Nerven, habe ich ihm gesagt, und daß ich mir nicht sicher bin, ob für mich dasselbe gilt.«

»Wie nett von dir«, erwiderte Lukas gerührt. »Dabei hättest du den Job doch wirklich gern, oder?«

»Sagen wir mal so: Ich hätte nichts dagegen, drei Jahre die Chefin zu spielen und ein bißchen Geld auf die Seite zu legen. Aber ich wäre nicht allzu traurig, wenn sie sich für dich entschieden. Ehrlich nicht.«

»Na, und ich wäre dir auf jeden Fall ein ergebener Referent, falls du die Leitung bekommst«, beteuerte Lukas. »Bei Rike wäre ich mir da nicht so sicher. Sie sieht so verkniffen drein in letzter Zeit.«

»Ach was, das bildest du dir nur ein«, widersprach Tess. »Sie weiß schließlich, daß sie nur deshalb nicht in Frage kommt, weil sie erst so kurz bei uns arbeitet.«

»Ich weiß nicht«, zweifelte Lukas. »Ich finde sie schon etwas seltsam. Allein schon deshalb, weil sie immer die gleichen Klamotten anhat wie du. Und dann auch noch die roten Haare.«

»Sie möchte einfach so sein wie ich«, sagte Tess und warf mit gespielter Koketterie den Kopf in den Nacken. »Wundert dich das etwa?«

Lukas ging nicht auf ihren unbeschwerten Tonfall ein. »Sie will nicht so sein wie du, sie will *besser* sein als du – das ist ein großer Unterschied. Ich glaube nicht, daß sie dir eine Beförderung gönnen würde, wenn sie selber bleibt, was sie ist.«

»Also wirklich, Lukas, das ist unfair. Rike hat dir noch nie etwas getan. Und mir auch nicht. Sie ist total nett. Ich mag sie beinahe noch lieber als ihre Schwester Andrea. Die war immer so griesgrämig.«

»Ja, kein Wunder, mit Rike als Schwester.«

»Ich weiß gar nicht, was du hast.«

»Ich muß aussteigen«, sagte Lukas ausweichend und erhob sich.

Tess hielt ihn am Ärmel fest. »Warte mal! Joggst du heute abend mit mir durch den Park? Es ist wichtig. Seit mir Max nicht mehr alles wegfuttert, habe ich richtig Fett angesetzt.«

»Wo denn?« fragte Lukas und musterte Tess von Kopf bis Fuß. Passend zu den ersten warmen Frühlingstagen trug sie einen kurzärmeligen Body aus T-Shirt-Stoff, der mit gelben Tulpen bedruckt war, dazu eine enge Jeans und helle Schuhe. Lukas konnte aber nirgendwo eine verdächtige oder gar unschöne Fettwulst erkennen.

Er grinste. »Ich würde ja gerne mit dir laufen, aber heute abend haben wir Probe.«

Tess seufzte. Sie hatte vorübergehend vergessen, daß Lukas Sänger und Gitarrist einer Band war, die jeden Dienstagabend in einem Gartenhäuschen in einer

Schrebergartenkolonie im städtischen Grüngürtel probte. (Die Gruppe hatte den gleichen Namen wie der Probeort: ›Parzelle 373‹. Parzelle 373 kann man übrigens für Sommerpartys und Hochzeitsfeiern mieten. Sie finden sie in den gelben Seiten.)

»Zu dumm!« sagte Tess. »Allein traue ich mich nicht unter all die Messerstecher und Hundebesitzer. Du bist schuld, wenn ich mir statt dessen heute eine Pizza kommen lasse und noch fetter werde.«

Tess winkte Lukas lachend hinterher. Diesmal beneidete sie ihn nicht um seine Single-Wohnung, denn auch in ihrer eigenen erwartete sie nichts als Ruhe und Ordnung. Kein Spülberg, keine herumliegenden Socken, die unangenehmen Geruch verbreiteten, auf dem Anrufbeantworter nur Anrufe, die ihr galten – herrlich! Tatsächlich vermißte sie Max in keiner Hinsicht – nicht einmal abends im Bett. Sie hatte fest vor, ihm ebendies mitzuteilen, wenn er sich meldete. Genau das hatte er aber bislang noch nicht getan. Insgeheim war Tess darüber ein wenig enttäuscht. Nicht, daß sie ihn hätte wiederhaben wollen – Gott bewahre –, aber daß er das so sang- und klanglos wegsteckte, war nicht sonderlich schmeichelhaft für sie. Aber letzten Endes war es vermutlich so am besten.

3.

Schwelbrand

Tess' Freundin Verena hatte auf den Anrufbeantworter gesprochen und gefragt, ob Tess nicht Lust habe, heute abend mit ihr ein bißchen »um die Häuser zu ziehen«. Tess brauchte nicht lange zu überlegen: Sie rief Verena zurück.

»Um wieviel Uhr?« fragte Tess.

»Sagen wir in einer halben Stunde im *Linus?«* fragte Verena zurück.

Tess war einverstanden. Damit hatte sich nämlich auch die Pizza erübrigt.

Unter Zeitdruck duschte sie und machte sich ein Paket Erbsen warm. (In einer Frauenzeitschrift hatte neulich gestanden, daß Frauen viel zu wenig Hülsenfrüchte äßen, und etwas, wenn schon keine Pizza, mußte sie ja schließlich nach diesem langen Arbeitstag in den Magen bekommen.) Während sie die Erbsen hinunterschlang, fönte sie sich gleichzeitig die Haare – eine unappetitliche Angelegenheit, die nicht zur Gewohnheit werden durfte, wie sie selber fand. Eben nur, wenn man es besonders eilig hatte. Schnell noch ein wenig Make-up aufgelegt, ein Blick in den Spiegel, der Griff nach Rucksäckchen (statt Handtasche) und Haustürschlüssel – und weg war sie.

Es wurde ein schöner Abend, obwohl Verena und Tess nicht wie geplant »um die Häuser zogen«, sondern gleich zu Anfang in der gemütlichen Weinstube *Linus* versackten und dort auch bis zum Ende des Abends blieben.

Verena war wie Tess ein ziemlich frischgebackener Single. Allerdings nicht unbedingt freiwillig. Ihr Freund hatte sich wegen einer dreiunddreißigjährigen Hochschuldozentin aus der gemeinsamen Wohnung gestohlen und Verena auf einer Miete sitzen lassen, die für einen allein praktisch unbezahlbar war. Verena wohnte seither gezwungenermaßen mit ihrer kleinen Schwester zusammen, die, wie Verena Tess versicherte, jeden Max dieser Welt an Schlampigkeit weit überträfe. Dennoch stießen Tess und Verena auf das Singleleben an und erörterten ausgiebig dessen Vorteile.

Erst als sie genügend Wein getrunken hatten, gaben sie zu, daß es natürlich auch seine Schattenseiten hatte, allein zu leben.

»Wenn man was Schlechtes geträumt hat und sich nicht an einen warmen, durch die Atmung vibrierenden Rücken schmiegen kann«, sagte Tess. »Denn das ist schon irgendwie tröstlich, oder?«

»Stimmt. Auch wenn man eine Mandelentzündung hat und der Kerl einem Eis und rote Rosen ans Bett bringt«, schwärmte Verena.

»Mir hat Max niemals rote Rosen mitgebracht. Und Eis hat er mir höchstens weggefressen«, erklärte Tess sofort ernüchtert. »Wahrscheinlich gibt es nur wenige vom Aussterben bedrohte Exemplare von Männern, mit denen man es in einem Haushalt aushält.«

»Ja, das glaube ich auch. Und besser allein sein, als mit einem Idioten zusammenzuleben, der sich aufregt, wenn man seinen Rasierer benutzt, um sich die Beine zu glätten«, meinte Verena.

»Ja, oder mit so einem Trottel, der fragt, in welchem Film William Shakespeare mitgespielt hat«, seufzte Tess. »Und dabei nicht mal besonders nett ist. Max hat meine Wohnung als Hotel betrachtet und mich als Zimmermädchen, Köchin, Einkäuferin und Animierdame in einem. Das mache ich nie wieder mit.«

»Wir warten auf einen, dessen Socken uns nicht die Luft verpesten«, resümierte Verena energisch. »Auf einen, der den Unterschied zwischen Shakespeare und Leonardo DiCaprio kennt. Und auf einen, der sich beim Pinkeln hinsetzen kann.«

»Alles drei auf einmal und noch viel mehr«, stimmte Tess begeistert zu. »Wir warten auf einen, bei dem man für immer Schmetterlinge im Bauch hat. Wir nehmen nicht den ersten, sondern den besten.«

Mit diesem Entschluß trennten sie sich schließlich, denn Verena mußte die letzte Bahn bekommen. Tess ging zu Fuß nach Hause. Es waren ja nur wenige Häuserblocks, den Weg fand sie auch in ihrem leicht angesäuselten Zustand. Unterwegs wurde sie von mehreren Feuerwehrautos unter lautem Tatütata überholt, deren Sirenenlärm ihr Kopfschmerzen verursachte.

Das letzte Glas Wein hätte ich vielleicht nicht mehr trinken sollen, dachte Tess. Überhaupt sollte ich mehr auf meine Gesundheit achten, jetzt, wo ich vielleicht demnächst eine leitende Angestellte mit ungeheuer viel Verantwortung sein werde. Ab morgen fange ich ein neues Leben an. Weniger Alkohol, mehr Sport und noch mehr Hülsenfrüchte. Und ich werde das personifizierte, disziplinierte Pflichtbewußtsein darstellen!

Wieder wurde sie von einem Feuerwehrauto überholt, das unter lautem Sirenengeheul in ihre Straße einbog. Tess wurde auf einen Schlag wieder annähernd nüchtern. Es schien etwas passiert zu sein, ganz in der Nähe ihres Wohnhauses.

Wahrscheinlich hat sich wieder jemand vom Dach gestürzt, dachte Tess unbehaglich. Im letzten Frühjahr, als sie gerade eingezogen war, hatte nämlich ein junger Mann im Haus gegenüber auf diese Weise Selbstmord begangen. Glücklicherweise hatte sie davon nichts mitbekommen und erst am nächsten Tag erfahren, was passiert war. Nicht auszudenken, wenn man so jemanden springen sah oder – noch schlimmer – auf dem Bürgersteig fand. Tess lief es kalt den Rücken hinab.

Die ganze Straße war in blaues, zuckendes Licht getaucht, das von mindestens vier Feuerwehrwagen herrührte, die direkt vor Tess' Haus standen. Dort hatte sich auch eine Menge Menschen eingefunden, in den verschiedensten Bekleidungsstadien, wie Tess als erstes feststellte: Morgenmäntel, Lockenwickler und Plüschpantoffeln – genauso hatte sich Tess die Nachtbekleidung ihrer überwiegend älteren Mitbewohner immer vorgestellt. Die Krönung war der Hausmeister, der in Unterhosen und Schlappen dort stand und den Wind in seinen Brusthaaren spielen ließ.

Nun, es war zwar ein milder Maiabend, aber für einen solchen Aufzug entschieden zu kühl, dachte Tess vorwurfsvoll. Was mochte passiert sein? Seltsamerweise kam sie nicht gleich auf das Nächstliegende, wie sie sich später wunderte, sondern zog in Betracht, daß die Siamkatze des Rentnerpaares im obersten Stock durch die Fenster aufs Dach geklettert war und nun nicht mehr runterkonnte.

Aber – nein, in diesem Fall würden sie nicht gleich mit vier Löschzügen anrücken. Obwohl keine Flammen aus dem Haus schlugen, kam Tess dann doch zu dem Schluß, daß es irgendwo drinnen brennen mußte. Plötzlich dachte sie voller Panik daran, was in ihrer Wohnung möglicherweise den Flammen zum Opfer fallen würde …

Mit weichen Knien trat sie näher und mischte sich unter die Leute.

»Jetzt ham se et jeschafft«, sagte der beinahe nackte Hausmeister zu niemand Bestimmtem, als der gerade angekommene Löschzug gleich weiterfuhr und die Feuerwehrleute zum größten Teil wieder in die geparkten Wagen einstiegen. »Dat wor aber wirklisch knapp, hä. Spannender als Färnsehen.«

Tess musterte ihn leicht angewidert. Ein typischer Sensationsgaffer, und dann auch noch fast unbekleidet. Man konnte nur froh sein, daß er wenigstens Unterhosen anhatte! Da stand er nun mit seinem dicken Schmerbauch, den ungepflegten, fettigen Haaren und – das sah sie jetzt erst – einer Bierflasche in der Hand und betrachtete das Szenarium wie einen Fernsehfilm. Wahrscheinlich war er auch noch enttäuscht, weil hier niemand ums Leben gekommen war.

Hoffentlich nicht, setzte sie in Gedanken hinzu. Man konnte ja nie wissen. Bei dem Aufgebot von Feuerwehrwagen und gelbbejackten Feuerwehrmännern, die jetzt aus dem Haus kamen, konnte man Verletzte nicht ausschließen.

Na ja, sonderlich spektakulär sah das hier trotzdem nicht aus. Nirgendwo eine Trage, kein echtes Entsetzen in den Augen der Zuschauer und weit und breit keine Flamme.

Vermutlich, überlegte Tess boshaft, war dem Hausmeister die brennende Zigarette ins Bett gefallen, und dann hatte er voller Panik und Sensationsgier die Feuerwehr gerufen, anstatt die Zigarette einfach mit seinem dicken Hintern auszudrücken.

Wie dem auch sei – sie wollte jedenfalls jetzt in ihr Bett und ihren Rausch ausschlafen. Morgen früh mußte sie schließlich arbeiten.

»Was ist denn passiert?« fragte sie laut und wunderte sich, wie unbeteiligt ihre Stimme klang. Normalerweise hätte sie nach vorne stürmen und unter entsetztem Augenrollen kreischen müssen: »Hilfe! Das ist mein Haus! Ich wohne hier! Hilfe!«

Der Hausmeister wandte den Kopf zur Seite und fing bereitwillig an zu erzählen.

»Also, dat war so: Isch war gerade am Premiere am Kucken, als ...« Er stockte, seine Augen weiteten sich plötzlich, als er – etwas verspätet – Tess erkannte.

»Fräulein Simon! Ha!« brüllte er, und ehe Tess wußte, wie ihr geschah, packte er sie auch schon am Arm und zerrte sie unsanft nach vorn.

»Isch happse! Isch happse!« brüllte er dabei, was auf hochdeutsch soviel hieß wie »Ich habe sie! Ich habe sie!« oder noch hochdeutscher: »Ich bin ihrer habhaft geworden.« Tess fühlte sich wie Marie-Antoinette auf dem Weg zum Schafott.

Vergeblich versuchte sie sich zu befreien. Aber der Hausmeister hielt sie mit der wohltrainierten Hand fest, mit der er sonst seine Bierflasche umklammert hielt. Er schleuderte sie unsanft vor einen gelbbejackten Feuerwehrmann mit Funkgerät.

»Hilfe«, ächzte Tess.

»Dat isse! Dat Fräulein, dem die Wohnung jehört«, übertönte sie der Hausmeister aufgeregt und schüttelte Tess' Arm wie eine Siegestrophäe.

Tess spürte, wie ihre Knie endgültig zu Pudding wurden.

»Was … was … ist denn mit meiner Wohnung?« stotterte sie.

Der Feuerwehrmann machte ein ernstes Gesicht. »Nun, da können sie im Augenblick nicht hinein, aber wir sind hier so weit fertig, jeden Augenblick.«

Er wandte sich ab und sprach mit einem anderen Gelbbejackten. Unter lautem Tatütata rückte indes bereits der dritte Löschzug ab. Wahrscheinlich brannte es auch noch woanders. Das tröstete Tess im Augenblick jedoch wenig.

»Sagen Sie mir doch bitte …«, begann sie, aber der Feuerwehrmann tauschte immer noch mit seinem Kollegen Befehle aus.

»Isch lag also im Bett und happ Premiere jekuckt«, sagte der Hausmeister neben ihr. Er hielt immer noch ihren Arm fest, als habe er Angst, Tess könne die Flucht ergreifen, bevor sie seine Geschichte zu Ende gehört hatte. »Und wie isch da so lag, da fand isch, et roch so komisch. Und da happ isch jedacht, jehste doch mal kucken, wat da so komisch riescht.«

Tess lauschte ihm mit weit aufgerissenen Augen. Die Wohnung des Hausmeisters lag ihrer eigenen direkt gegenüber.

»Rauch war dat«, sagte der Hausmeister auf ihre ungestellte Frage und tätschelte sich mit der freien Hand genüßlich seinen Bauchspeck. »Kam unter Ihrer Türe hervor. Dicker jrauer Rauch. Isch happ bei Ihnen jeklingelt, aber Sie waren ja op Jück.«

Wo soll ich gewesen sein? Auf Jück? Ist das eine Insel? dachte Tess verwirrt, die den rheinischen Dialekt des Hausmeisters noch nie verstanden hatte. Im *Linus* war ich und habe französischen Landwein getrunken.

»Und dann happ isch die Feuerwehr jerufen. Und wie die kamen, da mußten wir die Tür aufbreschen, weil isch in der Eile den Ersatzschlüssel nit jefunden happ.«

Der Schlüssel hing mit allen anderen in einem Schlüsselkasten, den der Hausmeister neben seiner Wohnungstür hängen hatte, das wußte Tess genau. Sicher hatte er nur behauptet, ihn nicht zu finden, damit er mal sehen konnte, wie die Feuerwehr eine Tür aufbrach. Und was hieß hier überhaupt »wir«? Der Hausmeister hatte die Tür wohl kaum mit seiner nackten Schulter eingerannt, der Angeber. Da hätte er allenfalls einen dicken Fettfleck hinterlassen. Aber das war jetzt wirklich nicht der Zeitpunkt, sich über solch nebensächliche Details zu beschweren. Gebannt folgte sie den Ausführungen des Hausmeisters.

»Da war dat Treppenhaus schon voller Qualm jewesen. Alle mußten dat Haus verlassen, wir durften leider nit zukucken. Zu jefährlisch. Und dann kamen die mit ihren Schläuschen. Isch happ et noch nit jesehn, aber dat iss sischer ne jroße Schweinerei da drinnen. Der Brandherd war in der Küsche, sacht der Hauptmann, und dat dat nur ein Schwelbrand war.«

»Brandherd? In meiner Küche?« fragte die entsetzte Tess mit schwacher Stimme.

Der Hausmeister nickte. »Jo dat. Wenn isch et nit jerochen hätte, hätte mer alle verbrennen können.«

Die Erbsen, dachte Tess. Ich blöde Kuh habe den Herd nicht ausgeschaltet.

»Sie sind also die Dame, die den Brand verursacht hat«, sagte der Feuermann zu ihr. »Jetzt sagen Sie mir ja nicht, das könne gar nicht sein, denn das sagen mir alle.«

Tess ließ betreten ihren Kopf hängen. »Ich muß den Herd angelassen haben. Hülsenfrüchte sollen so gesund sein ...«, stotterte sie entschuldigend.

Der Feuerwehrmann machte ein begütigendes Gesicht. »Sie sind nicht die erste, der das passiert. Es war ein Schwelbrand.«

Schwelbrand – war das weniger schlimm oder schlimmer? Tess hielt den Atem an.

»Zahlt alles die Hausratversicherung und die Haftpflichtversicherung. Das ist kein Problem, nur etwas langwierig. Die anderen Wohnungen haben wir gecheckt, da ist alles in Ordnung. Aber Ihre Wohnung ist erst mal nicht bewohnbar.«

»Was heißt das?« fragte Tess. »Ich muß doch ins Bett. Ich muß morgen früh raus.«

Jetzt sah der Feuerwehrmann beinahe erheitert aus. »Na, in Ihr Bett werden Sie wohl kaum gehen können, Fräuleinchen. Die Wohnung ist voller Ruß und Asche, und es stinkt, nun ja, sagen wir es ruhig, es stinkt bestialisch. Das wäre nicht gerade gesund für Sie. Am besten, Sie gehen heute nacht in ein Hotel oder zu Ihrer Familie nach Hause und rufen gleich morgen früh Ihre Versicherung an. Die kommen für die Renovierungskosten auf und zahlen sogar Ihre vorübergehende Unterkunft. Die Tür haben wir wieder eingehängt, so daß Sie vor Plünderungen sicher sind.«

»In diesem Haus wird nit jeplündert«, empörte sich der Hausmeister.

»Sie meinen, ich kann überhaupt nicht mehr dort wohnen?« keuchte Tess, der allmählich die Tragweite ihrer Erbsenmahlzeit aufging.

»Na ja, ich bin hierfür kein Sachverständiger«, meinte der Feuerwehrmann und kratzte sich am Nacken. »Aber wie es aussieht, muß der Parkettboden komplett raus, die Küche ist völlig hin, und auch in den anderen Räumen sieht es nicht gerade rosig aus. Aber seien Sie froh, daß nicht mehr passiert ist.«

»Wenn isch nit jewesen wäre«, begann der Hausmeister wieder, aber mit einem Blick in Tess' fassungsloses Gesicht verstummte er, Gott sei Dank.

»Wie gesagt«, wiederholte der Feuerwehrmann noch einmal. »Suchen Sie sich eine Unterkunft für die Nacht, und morgen kümmern Sie sich dann um alles Weitere.«

»Aber ich brauche meine Zahnbürste«, flüsterte Tess und merkte selber, wie unsinnig das klang.

»Ihre Zahnbürste ist nicht mehr zu gebrauchen«, behauptete der Feuerwehrmann. »Sie werden das meiste von Ihren Sachen wegwerfen müssen. Eine spezielle Reinigungsfirma wird retten, was zu retten ist. Kommen Sie schon, Sie sind nicht die erste, der so etwas passiert. Und freuen Sie sich, daß Sie noch leben.«

Sich in dieser Situation über irgend etwas zu freuen war leichter gesagt als getan.

Tess sah dem Feuerwehrmann verzweifelt hinterher, als er mit den anderen Gelbjacken in das letzte Feuerwehrauto stieg und davonbrauste.

Der Hausmeister wartete, bis der Wagen um die Ecke gebogen war, dann ließ er endlich ihren Arm los und tippte sich an die Stirnglatze.

»Nix für unjut«, sagte er, was immer das auch heißen mochte, und verschwand im Hauseingang.

Die Menschenmenge zerstreute sich ebenfalls. Die Nachbarn machten einen leichten Bogen um Tess, als sie ins Haus zurück und in ihre Wohnungen gingen. Offenbar waren sie böse auf Tess, weil sie ihren gemütlichen Fernsehabend gestört hatte. Keiner schenkte ihr auch nur einen Blick, geschweige denn ein tröstendes Wort.

Tess fühlte sich gleichzeitig beschämt – wie konnte sie nur so dämlich sein und den Herd nicht ausdrehen? – und mutterseelenallein. Unglücklich klammerte sie eine Hand um ihren Rucksack. Da waren immerhin ihre Papiere drin, ihre Scheckkarte und etwas Geld – was wollte sie mehr? Gott sei Dank lebte sie noch, würde der Feuerwehrmann jetzt sagen.

Sie spürte, wir ihr die Tränen in die Augen schossen. Wo sollte sie denn jetzt hin? Wen konnte sie um Hilfe bitten? Und wie? Wenn schon ihre Zahnbürste unbrauchbar geworden war, dann war es ihr Telefon bestimmt erst recht.

Sie wischte sich die Tränen aus den Augen und sah sich in der mittlerweile menschenleeren Straße um.

Tja, so fing es also an, ihr neues Leben. Von wegen, Hülsenfrüchte sind gesund! Kaum aß man sie, hatte man kein Dach mehr über dem Kopf!

Mit noch immer weichen Knien machte sie sich auf den Weg zur nächsten Telefonzelle. Aber hier traf sie das Unglück – ein Unglück kommt selten allein! – gleich noch einmal. Jemand hatte den Telefonhörer aus der Verankerung gerissen. Vielleicht war es derselbe gewesen, der mit schwarzer Farbe *Alles ist Scheiße* an die Glaswand gesprüht hatte.

Damit sprach er – oder sie – Tess allerdings ganz aus dem Herzen. Alles war Scheiße, wahrscheinlich. Als sie den losen Hörer in der Hand hielt, war es mit ihrer Selbstbeherrschung endgültig vorbei. Die Tränen strömten ihr unaufhaltsam die Wangen herab. Unfähig, einen klaren Gedanken zu fassen, ließ sie sich auf die Bordsteinkante sinken und ihren Tränen freien Lauf.

Sie wußte nicht, wie lange sie dort saß und heulte, sie wußte nur, daß die Zeit verging und sie immer noch kein Bett für diese Nacht hatte. Irgendwann hielt ein Auto direkt vor ihr.

»Hey, Süße«, rief eine Männerstimme.

Auch das noch, dachte Tess unter Tränen. Erst brennt die Bude ab, und dann kommt ein böser Mann und will mich in sein Auto zerren. Müde hob sie ihr tränenverschmiertes Gesicht.

»Dachte ich's mir doch«, sagte die Männerstimme. »Solche Haare kann nur eine haben. Was um Himmels willen machst du um diese Zeit hier draußen, Pumuckl?«

»Luke«, flüsterte Tess. »Oh, Luke, wie wunderbar, daß du da bist!«

Lukas stieg aus dem Auto und war mit wenigen Schritten bei ihr. »Hey, was ist denn los, Pumuckl? Du siehst ja fürchterlich aus.«

»Ich habe nur Erbsen gekocht, und als ich zurückkam, war meine Wohnung abgebrannt«, erwiderte Tess etwas zusammenhanglos und ließ sich von Lukas vom Bordstein hochhieven. »Keiner hat mit mir gesprochen. Ich habe nicht mal meine Zahnbürste, und das Telefon hier ist auch kaputt.«

Lukas verstand nicht alles, aber genug, um zu erkennen, daß seine Hilfe gefragt war. Er öffnete die Beifahrertür seines Golfs. »Komm, wir fahren erst mal zu mir, und du erzählst mit alles ganz in Ruhe. Ich habe auch eine ungebrauchte Zahnbürste, originalverpackt.«

»Wunderbar«, schniefte Tess und ließ sich auf den Beifahrersitz plumpsen. »Du bist meine Rettung, Luke.«

Lukas hatte tatsächlich eine originalverpackte Zahnbürste in seinem Badezimmer. Tess war viel zu müde und geschlaucht, um zu fragen, für wen er sie denn bereitgehalten hatte. Dankbar, nicht mehr allein zu sein, nahm sie noch eine warme Dusche, putzte sich die Zähne und legte sich in einem von Lukas geborgten T-Shirt auf sein Schlafsofa, das er in der Zwischenzeit überzogen hatte.

»Und wenn die Hausverwaltung mich anzeigt? Wegen fahrlässiger Sachbeschädigung oder so was?« fragte Tess ängstlich und fügte zusammenhanglos hinzu: »Ich esse nie wieder Erbsen.«

»Niemand wird dich anzeigen. Die Hausverwaltung ist auch versichert, und deine Versicherung kommt für den Schaden auf. Du bist doch hausratversichert?«

»Ja«, sagte Tess. »Und eine private Haftpflicht habe ich auch.«

»Na siehst du, dann ist doch alles in Ordnung«, meinte Lukas. »Alles Weitere regeln wir morgen früh. Jetzt schlaf erst mal gut.«

Und genau das tat Tess. Unter Schlafstörungen hatte sie noch nie gelitten. Sie träumte auch nicht von Feuer und Erbsen, sondern von lauter angenehmen Dingen.

Am nächsten Morgen aber brachen die Probleme gleich wieder über sie herein, und sie hätte am liebsten geweint, als sie sah, wo sie sich befand. Lukas beruhigte sie, so gut er konnte. Er setzte ihr einen großen Teller Cornflakes mit Milch vor und sagte: »Vom Büro aus werden wir deine Versicherung anrufen, dann nimmst du dir zwei Tage frei, und wir schauen in aller Ruhe, was von deiner Wohnung übriggeblieben ist.«

Tess löffelte ihre Cornflakes und nickte.

»Wenn ich dich nicht hätte«, sagte sie und schaffte dabei sogar ein Lächeln. »Du bist ein echter Freund.«

Lukas grinste sie freundlich an.

»Das will ich hoffen«, sagte er.

Später im Büro, nachdem sie Rike und den entsetzt lauschenden Damen Scheuermeyer und Norgel die ganze Geschichte erzählt hatte, durfte Tess mit ihrer Versicherung telefonieren. Dort versprach man ihr, noch am selben Nachmittag einen Sachverständigen zu schicken. Frau Brück-Dillheimer hatte – den Hormonen sei Dank – vollstes Verständnis dafür, daß Tess sich den Nachmittag und den darauffolgenden Tag freinahm, um ihre Angelegenheiten zu regeln.

Das wichtigste war erst einmal eine Unterkunft.

»In welches Hotel soll ich denn gehen?« fragte sie ihre Kollegen. »Der Versicherungsmann sagte am Telefon, es dürfe nicht mehr als 90 Mark die Nacht kosten.«

»War mein Sofa denn nicht bequem?« fragte Lukas zurück. »Von mir aus kannst du gerne bei mir wohnen bleiben, bis deine Wohnung wieder okay ist.«

»Ich weiß nicht, Luke, der Versicherungsmann sagt, so eine Renovierung dauert in der Regel mehrere Monate. Ich kann doch nicht die ganze Zeit mit dir in vierzig Quadratmetern hausen«, wandte Tess ein.

»Du könntest doch auch bei mir wohnen«, schlug Rike vor. »Meine Wohnung hat vierundachtzig Quadratmeter und ein Gästezimmer. Und einen Balkon.«

»Das ist zwar sehr nett von dir«, meinte Tess mit halbem Lächeln, »aber dein Archibald wird sich bedanken, wenn ich bei euch einziehe.«

»Archibald? Welcher Archibald?« fragte Rike. »Ach, du meinst *den* Archibald. Der wird dich nicht stören. Er hat die längste Zeit bei mir gewohnt.«

»Wie bitte?«

»Mit Archibald und mir ist es vorbei«, erklärte Rike. »Ich bin ab jetzt ebenfalls wieder Single, genau wie du. Und ich würde mich echt freuen, wenn du ein paar Wochen bei mir wohntest. Das würde doch lustig werden.«

»Du hast den Kerl aus der Wohnung geschmissen?« fragte Lukas. »Wann das denn?«

»Noch nicht«, gab Rike zu. »Aber ich tu's heute nachmittag. Ich werfe seine Sachen auf die Straße, und schon ist er weg.«

»Hör mal, meinetwegen mußt du das aber nicht tun«, beteuerte Tess. »Ich kann auch woanders unterkommen.«

Aber bei wem? setzte sie gleich in Gedanken hinzu. Lukas' Angebot war wirklich nett, aber auf vierzig Quadratmetern mit einem Kollegen – und sei er noch so nett – zu hausen war vielleicht nicht besonders ratsam. Früher oder später würden sie sich in die Haare bekommen, und vorbei war's mit ihrem guten Verhältnis.

Wer kam sonst noch in Frage? Ihre Freundin Verena war zwar Single, wohnte aber seit der Trennung mit ihrer kleinen Schwester zusammen. Ihre Mutter wohnte zu weit von der Firma entfernt, da wäre sie jeden Morgen über eine Stunde unterwegs. Und alle anderen, die sie kannte, lebten in trauter Zweisamkeit auf zu engem Raum, um ihnen für Monate einen ausgebrannten Gast zuzumuten. Blieb also nur noch ein billiges Hotel …

»Bitte, Tess, sag doch einfach ja. Wir zwei machen es uns richtig gemütlich bei mir«, bat Rike. »Einen echten Weiberhaushalt. Wenn Archibald auszieht, habe ich sowieso viel zuviel Platz«.

»*Wenn* er auszieht. Der arme Archibald. Ich dachte, das wäre auch seine Wohnung«, mischte sich Lukas ein. »Vielleicht wird er sich ja nicht so ohne weiteres rausschmeißen lassen.«

»Doch, das wird er«, behauptete Rike. »Er ist viel zu gutmütig, um sich zu wehren.«

»Ahnt er denn wenigstens, daß es mit euch beiden vorbei ist?« fragte Tess. »Ich meine, ich will wirklich nicht, daß du ihn nur rausschmeißt, um für mich Platz zu schaffen.«

»Natürlich hat er *keine* Ahnung«, gab Rike empört zurück. »Wenn ich ihn vorwarne, kann ich ja nicht seine Sachen aus dem Fenster werfen. Und genau darauf habe ich mich die ganze Zeit gefreut.«

Tess und Lukas musterten Rike mit gemischten Gefühlen. Sollte das ein Scherz sein? Oder war Rike wirklich so grausam?

»Bitte, Tess, sag einfach ja!«

»Und du wirfst den armen Archibald bestimmt nicht extra meinetwegen raus?« vergewisserte sich Tess.

»Nein, nur meinetwegen, ehrlich. Unsere Beziehung hat sich einfach totgelaufen. Archibald ist einfach – zu lieb für mich.«

»Zu lieb?« wiederholte Lukas spöttisch. »Ach ja, das ist schrecklich, wenn man es mit so einem lieben Menschen zu tun hat.«

Rike tat, als hörte sie ihn nicht. »Bitte, bitte, Tess.«

»Also, wenn du es wirklich willst ... Ich werde mich selbstverständlich auch an der Miete beteiligen.« Tess nagte nachdenklich an ihrer Unterlippe. Bei Rike in einem eigenen Gästezimmer zu wohnen war sicher besser, als in einem anonymen Hotel zu übernachten. Außerdem wohnte Rike gleich um die Ecke, und man konnte zu Fuß zur Arbeit kommen.

»Dann ist es also abgemacht«, strahlte Rike. »Du ziehst zu mir, bis deine Wohnung wieder in Ordnung ist.«

»Also gut, versuchen wir es«, stimmte Tess zu und merkte wie eine ungeheure Erleichterung sie überkam. Lukas' eigenartigen Blick bemerkte sie gar nicht. Jetzt hatte sie wenigstens schon eine Unterkunft. Es ging also aufwärts. Den Rest würde sie auch noch schaffen.

Als sie sich am Nachmittag mit dem Versicherungsfachmann traf und das besichtigte, was von ihrer Wohnung noch übrig war, erlitt sie allerdings noch einmal einen Schock. Die Wohnung war nämlich gar nicht mehr als solche zu erkennen, sie war ein einziges schwarzes, stinkendes Loch. Zwar gab es keine direkten Brandspuren, aber alles – und zwar wirklich alles – war mit einer dicken, schmierigen Rußschicht überzogen oder hatte sich durch die starke Hitze verbogen. Die Bücher sowie diverser Nippes im Regal im Wohnzimmer waren nur noch Wegwerfware, schwarze, unförmige Klumpen, das gleiche galt für Teppiche und Vorhänge, die entweder verschwunden oder bis zur Unkenntlichkeit zusammengeschrumpft waren. Selbst die Kleider, die im geschlossenen Kleiderschrank gehangen hatten, waren verrußt. Der Sachverständige meinte, wenigstens die Klamotten ließen sich in einer Spezialreinigung wieder in Ordnung bringen. Die Möbel konnten ebenfalls weitestgehend mit speziellen Lösungsmitteln gereinigt und danach wieder benutzt werden. Die Versicherung beauftragte eine eigens darauf spezialisierte Reinigungsfirma.

Der Parkettboden konnte nach Meinung des Sachverständigen durch Abschliff und erneute Versiegelung wieder in den alten Zustand versetzt werden, die Tapeten müßten abgerissen und die dahinter verlegten elektrischen Leitungen sicherheitshalber komplett neu verlegt werden. Auch mit dieser Aufgabe wollte die Versicherung Spezialfirmen betrauen, so daß Tess sich um nichts weiter kümmern müsse.

Das Badezimmer – vorher strahlend weiß, jetzt dunkelgrau und stinkend – müsse ebenfalls ›nur‹ spezialgereinigt werden, versicherte der Versicherungsfachmann.

In der Küche allerdings, wo der Brandherd gewesen war und die allergrößte Verheerung angerichtet hatte, mußte der Boden komplett erneuert werden, ebenso die ganze Küchenzeile und sämtliches Zubehör.

Tess sah sich fassungslos um. Die teure Kaffeemaschine, die Tess von ihrer Mutter zum Geburtstag bekommen hatte, war auf der Arbeitsplatte zu einem rotschwarzen, völlig formlosen Gebilde zusammengeschmolzen und sah schrecklich aus.

»Da können Sie sich in den nächsten Wochen eine schöne neue Küche aussuchen«, sagte der Versicherungsmann, als er sah, wie Tess mit den Tränen kämpfte. »In drei bis vier Monaten können Sie dann wieder hier einziehen, und alles ist wie neu.«

Tess nickte tapfer. Das hatte sie sich ganz allein eingebrockt mit ihren verdammten Erbsen, und jetzt mußte sie sie eben auch allein auslöffeln. Obwohl, so ganz allein stand sie nicht da. Lukas, Rike und Verena halfen ihr in den nächsten drei Tagen, die Sachen auszusortieren, die nicht weggeworfen werden mußten, und schleppten den Rest in großen Müllsäcken hinaus in einen Sondermüll-Container, den die Versicherungsgesellschaft herbestellt hatte.

Die Versicherung war überhaupt ausgesprochen kulant – ganz im Gegenteil zu dem, was man sonst so von Versicherungen hörte – und regelte alles mehr oder weniger reibungslos und unaufgefordert. Die Möbel wurden abtransportiert und einer Spezialreinigung unterzogen, und bereits eine Woche nach dem Brand konnte mit der Renovierung begonnen werden.

Tess wohnte zu dieser Zeit mit ein paar wenigen Klamotten, die den Brand überstanden hatten, bereits bei Rike im Gästezimmer. Archibald war tatsächlich ausgezogen, und Rike erzählte immer wieder begeistert, wieviel Spaß es ihr gemacht hatte, seine Sachen aus dem Fenster zu werfen.

Tess hatte ein wenig Mitleid mit dem armen Archibald. Durch sie war Rike ja überhaupt nur zu solch grausamen Taten inspiriert worden – schließlich hatte sie es ihr ja mit Max vorgemacht. Aber Tess hatte das sichere Gefühl, daß zwischen Archibald und Max ein himmelweiter Unterschied bestand. Max war ein verfressener, schlampiger und stinkfauler Parasit, Archibald dagegen ein Musterbeispiel an Geduld und Verantwortungsbewußtsein. Obwohl auch sein Name im Mietvertrag stand, hatte er davon Abstand genommen, Rike das Recht, hier zu wohnen, streitig zu machen. Er hatte vielmehr sang- und klanglos seine Sachen vom Bürgersteig geklaubt (»Seine CD-Sammlung habe ich geschlossen runtergeworfen! Du hättest das Gescheppper mal hören sollen«, schwärmte Rike mehrfach), und war ins Schwesternwohnheim seines Krankenhauses gezogen.

»Wir haben sowieso nicht zusammengepaßt«, erklärte Rike heiter, als sie am Wochenende mit Tess bei einem Glas Rotwein auf dem Balkon saß. »Eigentlich wollte ich ihn nur haben, weil meine Schwester sich in ihn verliebt hatte.«

»Wirklich?« fragte Tess und dachte das erste Mal, daß Lukas vielleicht recht gehabt hatte, sie vor Rike zu warnen. Er war sogar richtig böse geworden, weil Tess lieber bei Rike als bei ihm wohnen wollte. Glücklicherweise hatte sich das aber inzwischen wieder gelegt.

»Wie gemein«, sagte sie in Gedenken an die arme Andrea.

»Gemein? Ich? Ich konnte doch nichts dafür, daß Archibald mich lieber mochte als meine Schwester«, schnaubte Rike. »Und überhaupt: Wo die Liebe hinfällt, da wächst kein Gras mehr. Was soviel heißt, daß man nichts dagegen machen kann, wenn zwei Menschen sich ineinander verlieben.«

»Du meinst, Andrea konnte nichts dagegen machen?« fragte Tess. »Ist sie deshalb nach Australien ausgewandert?«

»Kann schon sein,« antwortete Rike. »Aber sie ist nicht ausgewandert. Sie ist bloß für eine Zeit dort drüben. Sie kommt irgendwann wieder, und dann kann sie ihren Archibald ja gerne haben.«

»Arme Andrea, armer Archibald«, seufzte Tess.

»Wieso arm? *Ich* bin die Arme. Ich habe mich nämlich in Archibald getäuscht. Ich dachte, er sei ein kerniger, starker Typ, einer, der weiß, wo es langgeht. Einer, der mir mal so richtig Kontra gibt und nicht immer nur ja und amen sagt. Einer, der weiß, was Frauen wünschen.«

»Ein Bauknecht oder ein widerlicher Macho also?«

»Genau, ein Macho. Ein klassischer Macho, bei dem man sich noch wie eine richtige Frau fühlt. Aber so was gibt es wohl heute gar nicht mehr.«

Rike seufzte. »Und außerdem ist es als Single doch viel besser, oder?«

»Ja, schon«, sagte Tess nachdenklich. »Jedenfalls, solange man den Richtigen noch nicht gefunden hat.«

Und Rike sagte schnell: »Genau das wollte ich auch gerade sagen.«

4.

Ein Unglück kommt selten allein

Am Montag in der Woche nach der Brandkatastrophe rief nach längerer Abstinenz der abartige Alois mal wieder an.

»Frederike!« raunte er mit leicht heiserer Stimme, als Rike sich ahnungslos meldete. Sie stellte geistesgegenwärtig auf ›Mithören‹ und gestikulierte wild in der Luft herum, damit Tess kapierte, wer am Apparat war.

»Hast du mich vermißt?« raunte der abartige Alois.

»Hm, eigentlich weniger«, sagte Rike im Plauderton, und Tess gegenüber mußte sie sich ein lautes Lachen verkneifen.

»Waren Sie in Urlaub?« Rike siezte den abartigen Alois hartnäckig, weil sie immer noch an der Idee festhielt, es könne jemand aus der Chefetage sein.

»Meer, Strand, Palmen – und du in einem schwarzen Lederbikini«, raunte der abartige Alois aufs Stichwort. »Ich würde dich mit den Armen an eine Kokospalme fesseln und deine Beine weit spreizen …«

Frau Scheuermeyer und Frau Norgel, die nebenan ihre Telefone abgewürgt hatten, kamen herbeigeeilt und bekamen die delikate Schilderung dessen, was der abartige Alois mit Rike und einer Kokospalme am Strand zu veranstalten gedachte, Wort für Wort mit.

Frau Scheuermeyer bekam einen roten Kopf und überlegte, ob sie nicht auf die Diana-Gedächtnisreise verzichten und statt dessen einen Flug nach Barbados buchen sollte. Palmen, Strand – und vielleicht ein Lederbikini?

»Und dann, wenn du mich anflehst, dich endlich zu beglücken, würde ich …«, fuhr der abartige Alois fort.

Tess dachte wieder einmal, daß der abartige Alois im Grunde ein verklemmtes Wesen sein mußte. »Dich zu beglücken«, meine Güte, was war denn das für eine Ausdrucksweise? Da gab es doch deutlichere und vor allem drastischere Begriffe, deren sich anonyme Perverse in der Regel befleißigten.

Wahrscheinlich hatte Lukas mit seiner Theorie recht, daß der abartige Alois ein kleines verklemmtes Männlein sei und noch bei seiner Mama lebe. Jedenfalls hatte er noch nie ein wirklich unanständiges Wort benutzt. Keines von der Sorte, womit schon kleine Kinder die Straßenbahn vollkritzeln. Er sagte allerhöchstens »deinen feuchten Spalt« und »mein harter Schaft« und solche Sachen, und darüber konnte man ja eigentlich nur lachen. Frau Norgel und Frau Scheuermeyer aber schien gerade das zu gefallen. Sie hielten deshalb, so albern das klang, den abartigen Alois für einen anständigen jungen Mann.

Lukas verpaßte heute den Anruf des abartigen Alois, weil er zu Herrn Werner ins Personalbüro gerufen worden war. Tess war sehr gespannt, was das zu bedeuten hatte. War die Entscheidung um die Schwangerschaftsvertretung endlich gefallen? Würde Lukas die Nachfolge antreten? Wenn ja – sie gönnte es ihm wirklich von ganzem Herzen. Er war so ein patenter Kerl – nie würde sie ihm vergessen, daß er sie an dem Brandabend gerettet hatte.

Lukas kam erst zurück, als der abartige Alois seinen abschließenden Stöhner bereits gelassen hatte. Tess versuchte, in seiner Miene zu lesen, wie das Gespräch mit Werner verlaufen war, und glaubte, ein leichtes Lächeln zu erkennen.

»Und?«

»Was gibt es heute in der Kantine?« fragte Lukas zurück. »Hoffentlich nicht wieder Hühnerfrikassee.«

»Oh, Lukas, spann mich nicht auf die Folter«, fauchte Tess ihn an. »Was war los?«

Lukas warf einen bezeichnenden Blick auf Rike, die scheinbar unbeteiligt auf ihrem Stuhl saß und auf den Bildschirm schaute.

»Nun sag schon«, forderte ihn Tess auf.

»Später.«

»Nein, das kannst du mir nicht antun«, rief Tess. »Bitte, sag schon, was hat der Werner gesagt? Rike kann es doch ruhig auch wissen.«

»Also gut«, sagte Lukas. »Er hat mir einen Deal vorgeschlagen.«

»Einen Deal?«

»Ja, einen Deal unter Männern. Er ist nämlich der Ansicht, daß alle Frauen früher oder später Kinder bekommen und damit praktisch für immer ausfallen.«

»Chauvi«, knurrte Tess.

»Ja, klar, und das weiß er auch. Und vor allem weiß er, daß er eine solche Meinung nicht als Grundlage für seine Personalentscheidungen nehmen darf. Aber so unter uns Männern ...« Lukas grinste.

»Also gibt der Werner dir die Stelle?« fragte Rike, und Lukas meinte, ein wenig Erleichterung in ihrer Stimme zu hören.

»Nein«, er schüttelte den Kopf. »Er gibt sie Tess.«

»Aber wieso? Gerade hast du doch noch gesagt, daß Frauen …«

»Ja, habe ich. Genau deshalb will er ja, daß ich langfristig diese Abteilung leite, sprich, wenn unsere Brüll-Duckeimer aus dem Erziehungsurlaub zurückkommt.«

»Die wird sich bedanken«, meinte Tess.

»Werner meint, die Brück-Dillheimer sei danach nicht mehr die alte, sondern eine ängstliche Mutter mit einem Kleinkind, das aus dem Kindergarten abgeholt werden müsse, dauernd Masern habe und Probleme in der Schule und so weiter.«

»Willst du damit sagen, die Brück-Dillheimer kriegt die Leitung gar nicht mehr? Das läßt die doch nicht mit sich machen.«

»Doch, läßt sie«, sagte Lukas. »Sie hat wohl selber schon gesagt, daß sie lieber nur eine halbe Stelle will. Und damit ist eine leitende Position nun mal nicht möglich. Also übernehme ich definitiv in drei Jahren diese Abteilung, hat Herr Werner gesagt.«

»Und warum soll Tess dann trotzdem die Schwangerschaftsvertretung machen?«

»Damit« – Lukas grinste wieder – »damit man erstens nicht sagen kann, Herr Werner benachteilige die Frauen, und damit ich zweitens Zeit habe für jede Menge Fortbildungsmaßnahmen, die er mir angedeihen lassen will.«

»Aber das ist im Grunde genommen doch prima«, meinte Tess. »Drei Jahre lang mache ich den Job, dann kriegst du ihn, und alle sind zufrieden.«

»Genau das habe ich auch gedacht«, sagte Lukas. »Wenn man mal von Herrn Werners eigentlichen Beweggründen absieht. Das bleibt natürlich unter uns, daß ich euch das alles gesagt habe. Herr Werner will alles andere als frauenfeindlich wirken.«

»Und wann will er mir das Ganze mitteilen?« wollte Tess wissen.

»Morgen«, erklärte Lukas. »Zuerst möchte er seine Idee von der Geschäftsführung absegnen lassen – und natürlich auch von unserer lieben Chefin.«

»So was Frauenfeindliches«, sagte Rike. »Damit ist sie nie einverstanden.«

»Doch, ist sie«, meinte Lukas. »Seit die Hormone bei ihr verrückt spielen ...«

»Na ja, so ganz unrecht hat Herr Werner ja nicht«, überlegte Tess laut. »Ich habe tatsächlich vor, mal Kinder zu kriegen. »Vielleicht habe ich in drei Jahren ja den passenden Mann dazu kennengelernt, und Herr Werner muß sich nach einer weiteren Schwangerschaftsvertretung umsehen.«

»Trotzdem frauenfeindlich«, murmelte Rike. »Ich an deiner Stelle würde es glatt ablehnen, die Alibifrau für drei Jahre zu spielen.«

»Aber nein, ich freue mich darauf, um ehrlich zu sein. Das ist eine echte Herausforderung. Jetzt wo ich Single bin, kann ich mich ganz auf die Karriere konzentrieren und euch schön herumkommandieren. Und mehr Geld bedeutet das schließlich auch. Ich kann es gebrauchen, wenn ich mir überlege, daß die Versicherung nur eine Küche in Höhe von siebentausend Mark bezahlt und ich doch unbedingt einen Geschirrspüler haben möchte.«

»Ich will auch einen Geschirrspüler«, sagte Rike automatisch. Und nicht nur einen Geschirrspüler, setzte sie in Gedanken hinzu. Wenn Lukas Frau Brück-Dillheimers Job bekommen hätte, wäre das ja noch in Ordnung gewesen, aber daß ausgerechnet Tess ihn jetzt bekam, war Rike alles andere als recht.

Tess verdiente dann mindestens tausend Mark mehr als sie, und zwar netto, und außerdem hätte sie das Sagen. Es würde mehr als seltsam sein, von ihr Anordnungen entgegennehmen zu müssen. Und überhaupt: Tess würde Karriere machen und sie nicht! Das war einfach ungerecht.

»Ist was?« unterbrach Lukas ihre Gedanken.

»Nein, wieso?« fragte Rike pampig zurück.

»Du gucktest so komisch«, meinte Lukas. »Hast du vielleicht Probleme damit, daß Tess demnächst unsere Vorgesetzte wird?«

»Nein, wieso sollte ich?« Rike ärgerte sich. Konnte man hier nicht mal über etwas grübeln, ohne daß die Gedanken gleich erraten wurden? Dieser Lukas begann ihr auf die Nerven zu gehen.

»Ich freue mich jedenfalls«, erklärte Tess. »Wenn Herr Werner morgen mit mir gesprochen hat, machen wir zur Feier des Tages einen Sekt auf. Nach dem ganzen Streß in den letzten Wochen habe ich das wirklich mal verdient, finde ich.«

Rike und Lukas antworteten nicht.

Am nächsten Tag legte Tess im Büro eine Flasche Sekt in den Kühlschrank und strahlte Lukas an. »Herr Werners Sekretärin hat mich für halb drei zu ihm bestellt.«

Lukas nickte zufrieden. »Wie ich dir gesagt habe. Tu bitte schön überrascht. Er soll nicht merken, daß wir das alles schon haarklein durchgekaut haben.«

»Keine Angst, erstaunte Kuhaugen sind meine Spezialität«, meinte Tess.

»Wo ist eigentlich Rike den ganzen Vormittag?«

»Keine Ahnung«, erwiderte Tess achselzuckend. »Vielleicht ein Spezialauftrag von Frau Brüll-Drilleimer.«

»Vielleicht«, sagte Lukas. »Aber ich habe sie vorhin im vierten Stock gesehen, ganz in der Nähe von Herrn Werners Büro.«

»Was willst du damit sagen?«

»Gar nichts.« Lukas wandte sich seinem PC zu. »Außer vielleicht, daß Rike dir den Aufstieg nicht gönnt.«

Tess bedachte ihn mit ärgerlichen Blicken. Sie wußte selber, daß Rike kein Engel war. Aber was diese Jobsache anging, hatte sich Rike genauso für sie gefreut wie sie selbst. Gestern abend hatten sie schon einmal darauf angestoßen, und Rike hatte ihr sogar ein kleines Geschenk überreicht: Eine Taschenbuchausgabe von ›*Weibliche Chefs – Glücksfall oder Katastrophe?*‹ Mit einer Widmung: *Für meine zukünftige Chefin*. Lukas war einfach ungerecht, was Rike betraf.

Aber als Tess am Nachmittag voller Erwartung und mit Unschuldsmiene vor Herrn Werner saß, geriet ihre Ansicht darüber doch etwas ins Wanken.

»Nun, Frau Simons, wir haben uns nach gründlicher Überlegung dafür entschieden, Ihnen die Leitung der Abteilung *nicht* zu übertragen«, sagte er und lächelte breit.

»Wie bitte?« Tess war total verwirrt. Sie sollte die Leitung *nicht* bekommen? Warum lächelte Herr Werner dann so breit?

»Sie hätten ruhig zu mir kommen und mir sagen können, daß Sie sich einer solchen Aufgabe noch nicht gewachsen fühlen«, fuhr Herr Werner väterlich fort. »Sie sind zwar fachlich durchaus qualifiziert, aber eine solche Stellung erfordert Persönlichkeitskompetenz und psychische Stabilität.«

Tess schluckte völlig verwirrt. Was redete der sich denn da zusammen?

»Aber«, murmelte sie und verstummte, als ihr klar wurde, daß sie gar nicht wußte, was sie sagen sollte.

Herr Werner lächelte noch einfühlsamer. »Ich verstehe, daß Sie sich nicht die Blöße geben wollten, eine solche Chance auszuschlagen. Man weiß ja nie, wann sich so etwas noch einmal ergibt. Aber jeder muß im Rahmen seiner Möglichkeiten operieren, und wenn man sich etwas nach realistischer Selbsteinschätzung nicht zutraut, sollte man sich auch nicht damit belasten, egal, wie verlockend so etwas auch sein mag.«

Tess verstand nur noch Bahnhof. Das klang ja, als sei es ihre eigene Meinung, für die Stelle nicht geeignet zu sein. Und Lukas hatte doch gesagt, man habe sich bereits für sie entschieden.

»Ich dachte …«, begann sie.

»Ich weiß, was Sie dachten: Sie dachten, Sie könnten uns nicht enttäuschen, wenn wir so viel Vertrauen in Ihre Fähigkeiten setzen. Aber das tun Sie doch auch nicht, liebe Frau Simon. Ich halte Sie nach wie vor für eine fähige Mitarbeiterin, und ich schätze Sie sehr. Wenn Sie Ihre persönlichen Probleme bereinigt haben, dann können Sie sich auch ganz anders auf Ihre Karriere konzentrieren.«

»Welche persönlichen Probleme?« fragte Tess. Vielleicht hatten die ja von ihrem Wohnungsbrand erfahren und waren der Meinung, jemand, der nicht mal den Herd abschalten konnte, war nicht geeignet, die Verantwortung für eine ganze Abteilung zu übernehmen.

Herr Werner lächelte immer noch. »Das breiten wir jetzt nicht in allen Einzelheiten aus. Das geht uns ja im Grunde auch gar nichts an, und ich bin sicher, Sie kriegen das schon in den Griff. Ich will gar nicht ausschließen, daß Sie in ein paar Jahren nicht doch noch für solch eine Position in Frage kommen.«

»In ein paar Jahren?« wiederholte Tess. Ihre Kehle war wie zugeschnürt.

»Ja, und so lange können Sie sicher sein, daß wir Sie auf das bestmögliche fördern. Sie werden sich sicher freuen, daß wir Ihnen in der Presseabteilung keinen Fremden vor die Nase setzen. Frau Falk wird Frau Brück-Dillheimer sicher während der drei Jahre gut vertreten.«

»Frau Falk?« Tess setzte sich kerzengerade auf. Rike sollte den Job bekommen? Aber die war doch von Anfang an ausdrücklich nicht im Gespräch gewesen. Wieso sollte jetzt ausgerechnet sie den Zuschlag bekommen? Das war alles äußerst undurchsichtig.

»Weiß sie das schon? Frau Falk meine ich«, erkundigte sie sich mit trockener Kehle.

Immer noch lächelte Herr Werner. »Frau Falk hat einen Termin bei mir, gleich anschließend. Aber sie hat mir bereits signalisiert, daß sie die Aufgabe gerne übernehmen würde. Sie sehen also, es ist alles in bester

Ordnung, und Sie brauchen keinerlei Schuldgefühle zu haben.«

Schuldgefühle? War er jetzt völlig bescheuert geworden?

Herr Werner reichte ihr über den Schreibtisch hinweg seine Hand, die sie mechanisch schüttelte. »Bis zum nächsten Mal also, Frau Simon, und halten Sie die Ohren steif.«

Das Gespräch schien damit beendet zu sein. Tess erhob sich mit zusammengebissenen Lippen. Wie kam er nur darauf, daß sie Schuldgefühle haben könnte? Mit denen hatte sich doch wohl eher er selbst herumzuschlagen, bei dieser hundsmiserablen, unfairen Personalpolitik. Da machten sie einem Hoffnung auf einen tollen Job, und dann taten sie so, als habe sie selber darum gebeten, ihn nicht zu bekommen. In ihrem Kopf wirbelten die Gedanken ziellos durcheinander.

»Auf Wiedersehen«, murmelte sie schwach und stolperte in ihr eigenes Büro zurück. Die Enttäuschung wurde mit jedem Schritt heftiger. Sie hatte sich schon so darauf gefreut, das Ganze ihrer Mutter zu erzählen.

Rike war nicht da, vermutlich war sie ihrerseits schon auf dem Weg in Herrn Werners Büro, nicht ahnend, was ihr dort eröffnet würde.

Nur Lukas erwartete sie mit der Flasche Sekt im Arm.

»Du siehst ja ganz verdattert aus«, begrüßte er sie.

»Das bin ich auch. Herr Werner hat mir eben mitgeteilt, daß Rike die Stelle bekommt«, stieß Tess hervor. »Du hast mich angelogen.«

Lukas' Augen weiteten sich. »Was sagst du da? Rike soll die Stelle bekommen? Das ist doch unmöglich.«

»Ist es nicht«, sagte Tess. »Ich schätze, du hast da was mißverstanden.«

Lukas schüttelte ungläubig den Kopf. »Aber wenn ich's dir doch sage. Das war alles sonnenklar. Da gab es gar nichts mißzuverstehen.«

»Offensichtlich doch«, erwiderte Tess und ließ sich auf ihren Stuhl sinken. Sie hatte wirklich eine nicht enden wollende Pechsträhne im Augenblick.

Lukas starrte sie immer noch fassungslos an. Offenbar glaubte er, sie würde scherzen.

»Da hat diese Rike ihre Finger im Spiel«, knurrte er schließlich. »Ich habe gleich gewußt, daß man ihr nicht über den Weg trauen kann.«

»Mach den Sekt auf«, verlangte Tess, ohne auf seine Worte einzugehen. »Ich brauche den jetzt, die ganze Flasche für mich allein. So eine Scheißpersonalpolitik. Was sollte dann das Gerede, von wegen Erfahrung, blablabla, wenn sie die Stelle jetzt doch an Rike vergeben?«

Lukas hatte offenbar nicht zugehört.

»Ungeheuerlich«, murmelte er. »Dieses Biest scheut auch vor nichts zurück.«

»Ich meine, es ist ja nicht so, als würde ich Rike den Job nicht gönnen«, fing Tess noch einmal an. »Wenn sie von Anfang an gesagt hätten, daß wir alle drei zur Debatte stehen. Aber der Werner und die Brück-Dillheimer haben alle beide klar und deutlich gesagt, daß Rike nicht in Frage kommt.«

»Es sei denn, sie hat irgend etwas gesagt, was sie davon überzeugt hat, dir den Job besser doch nicht zu geben«, sagte Lukas scharf.

Tess musterte ihn griesgrämig. »Und was sollte das sein? Herr Werner meinte, ich hätte nicht genügend

Persönlichkeitskompetenz, was immer das auch sein mag. Er tat fast so, als ob ich ihn auf Knien angefleht hätte, mir den Job doch bitte, bitte *nicht* zu geben. Ich glaube, der konnte mich noch nie leiden und wollte mir einfach einen reinwürgen. Na, das ist ihm auch gelungen.«

Lukas schüttelte den Kopf. »Ich weiß nicht, wie Rike es gemacht hat, aber ich bin sicher, daß sie ihre Finger im Spiel hat.«

»Ihre Dinger?« wiederholte Tess mit einem Anflug von Humor.

»Haha, sehr witzig.« Lukas runzelte lediglich die Stirn. »Erstens sind Rikes ›Dinger‹ nicht gerade der Hingucker, und zweitens ist sie nicht Werners Typ. Nein, nein, ich meine, sie hat irgendwelche gemeinen Lügen erzählt, damit sie statt deiner den Job bekommt.«

Tess warf einen sehnsüchtigen Blick auf die Sektflasche in Lukas' Hand. »Luke, ich kann mir nicht helfen, aber ich finde, was Rike angeht, bist du einfach ungerecht. Was kann sie dafür, wenn der Werner so ein Arsch ist?«

»Der Werner mag ja ein Arsch sein, aber was seine Arbeit angeht, ist er ein Profi«, sagte Lukas bestimmt. »Er hatte dich als Schwangerschaftsvertretung vorgesehen, und nicht Rike, und das hatte Gründe. Wenn er die jetzt über den Haufen wirft, dann nur, weil diese hinterhältige Spinne ihm irgend etwas in den Kopf gesetzt hat.«

»Luke, mach endlich den Sekt auf und hör mit diesen paranoiden Spinnereien auf. Ich weiß zufällig ganz sicher, daß Rike sich für mich gefreut hat.«

»Ach ja, und woher willst du das wissen? Etwa von ihr?« Er hob seine Stimme um eine Oktav und ahmte Rikes Sprechweise nach: »Ach Tessilein, ich freue mich ja so für dich. Du bist ja so naiv, Tess. Merkst du nicht, daß ihr ganzes Getue um dich nichts weiter ist als purer Neid? Sie ist beinahe an ihrem Speichel erstickt, als ich ihr erzählt habe, daß Werner dich für die Nachfolge ausgesucht hat.«

»Wieso sollte sie neidisch sein? Sie hat doch alles, was ich habe«, sagte Tess.

»Eben«, erwiderte Lukas. »Nur deinen Job hatte sie nicht, und das konnte sie nicht ertragen. Also hat sie alles darangesetzt, ihn zu bekommen. Und siehe da – sie hat ihn bekommen. Kannst du dich an diesen Film mit Bridget Fonda erinnern, in dem eine Frau die andere in allem perfekt kopiert hat? Am Ende schwamm alles in Blut ...«

Tess schaute vor sich auf die Tischplatte. Irgend etwas in ihr weigerte sich, Lukas' Theorie Glauben zu schenken. Es war einfach albern, zu denken, bei ihr und Rike gehe es zu wie in ›Weiblich, jung, ledig sucht ...‹

»Wie stellst du dir das denn vor? Etwa so: Die böse, böse Rike ist zu Werner gerannt und hat ihm gesagt: ›Nehmen Sie lieber mich für den Job, Tess ist dafür nicht geeignet?‹ Und dann hat Werner gesagt: ›Aha, wenn das so ist ... ‹«

Lukas nickte. »So ungefähr. Natürlich viel, viel subtiler.«

»Zum Beispiel so? ›Tess ist ein verkappter Pyromane, sie hat außerdem Sex mit ihrem Wellensittich und klaut im Supermarkt immer Überraschungseier?‹« schnaubte Tess. »Also wirklich, Luke, das ist doch albern.«

»Meinst *du*«, sagte Lukas. »Für mich steht jedenfalls fest, daß Rike dir deinen Job weggenommen hat, und zwar mit voller Absicht.«

»Und für mich steht fest, daß Werner ein Arschloch ist«, sagte Tess. »Und jetzt gib mir endlich meinen Sekt, damit ich mich betrinken kann. Rike soll nicht denken, daß ich ihr die Karriere nicht gönne.«

Lukas schlug sich vor die Stirn. »Das tust du tatsächlich, oder? Du gönnst ihr deinen Job aus ganzem Herzen! Dir ist wirklich nicht zu helfen.«

Mit einem harten Knall stellte er die Sektflasche vor sie auf den Schreibtisch, drehte sich um und verließ den Raum.

»Vielen herzlichen Dank«, rief Tess hinter ihm her. »Es ist wirklich nett, wie sehr du mich aufmunterst!«

Sie umfaßte die eiskalte Sektflasche mit beiden Händen und hatte plötzlich keine Lust mehr, daraus zu trinken. In letzter Zeit ging aber auch wirklich alles schief, resümierte sie. Zuerst war (was noch das harmloseste war) die Beziehung mit Max gescheitert, dann war ihr die Bude abgefackelt, und jetzt ging ihr auch noch der tolle Job durch die Lappen. Zu allem Überfluß mußte sie sich ausgerechnet mit dem lieben, verläßlichen Lukas streiten. Es war zum Mäusemelken.

Jetzt erst merkte sie, wieviel ihr der – wenn auch nur vorübergehende – Aufstieg zur Abteilungsleiterin bedeutet hätte. Es war schon hart, zu sehen, daß Rike jetzt auf der Karriereleiter weiterklettern durfte. Ich gönne es ihr ja, dachte Tess, aber wenn sie ganz ehrlich war, dann mußte sie sich eingestehen, daß sie sich selber schlicht für besser geeignet hielt. Rike war zwar nicht dumm, aber längst nicht so engagiert wie sie selber. Und in vielen Dingen hatte sie einfach noch nicht den Überblick. Und was die sogenannte Persönlichkeitskompetenz anging, von der Werner gesprochen hatte – nun ja, Rike hatte davon auch nicht mehr vorzuweisen als sie. Es zeugte nicht gerade von Menschenkenntnis, daß Werner den Job trotzdem nicht ihr, sondern Rike gab, wirklich nicht. Aber der alte Knacker hatte sie noch nie leiden können, davon war sie überzeugt. Jedesmal in den letzten Jahren hatte sie ihre beruflichen Fortbildungskurse nur mit Mühe durchboxen können, während andere Mitarbeiter, wie zum Beispiel Lukas, sie geradezu nachgeschmissen bekamen.

Das Leben war einfach nicht fair. Nach dem ganzen Ärger in den letzten Wochen war ihr dieser Aufstieg wie ein großer Trost erschienen, der alles wiedergutmachen würde.

Und jetzt? Jetzt blieb wirklich überhaupt nichts Tröstendes mehr übrig. Und dann war Lukas auch noch sauer auf sie, nur weil sie nicht bereit war, die arme Rike nicht zum Sündenbock abzustempeln.

Die ›arme‹ Rike kam soeben zur Tür hereingesegelt. Tess beeilte sich, ein neutrales Gesicht aufzusetzen.

»Oh, Tessilein!« rief Rike aus und fiel ihr um den Hals. »Du bist sicher total enttäuscht!«

»Na ja … ehrlich gesagt, schon.« Tess befreite sich aus Rikes Umarmung und sah ihr direkt ins Gesicht. Sie konnte dort aber nichts anderes lesen als aufrichtige Verwirrung, Mitleid und ängstliche Besorgtheit.

»Ich bin aus allen Wolken gefallen, als der Werner mir die Situation darlegte. Ich habe die Welt nicht mehr verstanden«, beteuerte Rike. »Wieso die sich das plötzlich anders überlegt haben, ist mir ein Rätsel.«

»Mir auch«, sagte Tess. »Lukas meint, irgend jemand könnte gewisse Gerüchte über mich verbreitet haben.«

Rike riß die Augen weit auf. »Gerüchte? Welcher Art denn? Meinst du, die Scheuermeyer oder die Norgel haben da irgendwie gegen dich intrigiert?«

»Wieso sollten sie?« fragte Tess ärgerlich.

»Na ja.« Rike senkte den Blick. »Ehrlich gesagt, ich habe mit angehört, daß sie es nicht so prickelnd fänden mit dir als Vorgesetzten. Sie meinten, es fehle dir an persönlicher Reife.«

»Das ist natürlich völliger Blödsinn«, setzte sie hinzu, als sie Tess' entsetztes Gesicht sah. »Das habe ich ihnen auch gesagt. Aber ich könnte mir denken, daß sie trotzdem zu Werner gerannt sind und ihm gesagt haben, daß sie sich die Zusammenarbeit mit dir als Chefin einfach nicht vorstellen können. Vielleicht hat der Werner dann gedacht, es sei besser, jemand anderen zu nehmen.«

»Das glaube ich nicht«, sagte Tess heftig. »Die Scheuermeyer und die Norgel mögen mich. Ich komme gut mit ihnen aus.«

Rike sagte nichts. Sie schaute sie nur mitleidig an.

»Ich meine, wieso sollten sie mich nicht als Chefin akzeptieren, dich aber sehr wohl?« fragte Tess.

Rike zuckte mit den Schultern. »War ja nur ein kleiner Denkanstoß. Ach, das tut mir alles so leid. Ich habe dem Werner gesagt, daß du viel besser für die Stelle geeignet wärest, aber er wollte nichts mehr davon hören. Entweder, ich übernehme jetzt definitiv und verbindlich die Schwangerschaftsvertretung, hat er gesagt, oder er wird die Stelle extern ausschreiben.«

Tess war auf ihrem Schreibtischstuhl zu einem Häufchen Unglück zusammengeschrumpft.

»Ich kann nicht glauben, daß die Norgel oder die Scheuermeyer da ihre Hände im Spiel haben«, flüsterte sie.

»Ich weiß, so etwas möchte man am liebsten gar nicht glauben«, sagte Rike sanft. »Aber es ist die einzige Erklärung, die ich auf Anhieb dafür habe. Von ganz allein kommt der Werner doch nicht auf die Idee, seine Meinung zu ändern.«

»Vielleicht hatte er das ja von Anfang an vor«, sagte Tess. Die Theorie, einen hinterhältigen Personalchef zu haben, war ihr immer noch lieber, als zwei böse Kolleginnen ein Zimmer weiter zu wissen.

Rike legte ihr eine Hand auf den Arm. »Bist du denn jetzt böse auf mich, weil ich die Stelle bekommen habe?«

Tess schüttelte den Kopf. »Nein, du kannst ja nichts dafür. Und besser du als irgendein Fremder. Ich bin nur sauer auf Werner, weil er mir vorher solche Hoffnungen gemacht hat.«

»Da bin ich aber beruhigt«, sagte Rike. »Ich hatte schon Angst, wir wären jetzt vielleicht keine Freundinnen mehr, weil ich ja demnächst deine Chefin bin.«

»Blödsinn«, meinte Tess und zwang sich zu einem Lächeln. »Umgekehrt wäre es ja auch nicht so gewesen, oder?«

»Natürlich nicht«, bestätigte Rike und strahlte auf einmal übers ganze Gesicht. »Sag mal, würde es dir etwas ausmachen, wenn wir jetzt alle zusammen mit dem Sekt auf meine Beförderung anstoßen?«

»Ohne mich, bitte«, sagte jemand von der Tür her. Tess und Rike bemerkten erst jetzt, daß Lukas im Türrahmen lehnte. Tess fragte sich, wie lange schon.

Er bedachte beide mit einem finsteren Blick und nahm hinter seinem Schreibtisch Platz.

»Nur ein Schlückchen«, bat Rike. »Auf den Beginn meiner Karriere.«

»Nein, danke, ich habe zu tun«, sagte Lukas eisig. »Außerdem beginnt deine Karriere erst, wenn Frau Brück-Dillheimer in den Mutterschutz geht. Und bis dahin sind es ja Gott sei Dank noch ein paar Monate.«

Um ihren Frust zu ersticken und sich selber etwas Gutes zu tun, ging Tess gleich am nächsten Tag in die Stadt und kleidete sich von Kopf bis Fuß neu ein. Sie kaufte jede Menge Unterwäsche, drei Sommerröcke, zwei Paar Schuhe, drei T-Shirts, einen Pulli, einen Blazer, ein neues Parfüm und eine sündhaft teure Antifaltencreme. (Die Verkäuferin in der Parfümerie hatte gesagt, man könne gar nicht früh genug damit anfangen, Falten zu bekämpfen. Falten seien der schlimmste Feind jeder Frau, und vorbeugen sei besser als reparieren.)

Diese Frustkäufe waren zum Teil erforderlich, weil viele ihrer alten Klamotten dem Ruß zum Opfer gefallen waren und die Spezialreinigung so teuer war, daß es sich nur bei den wirklich guten Sachen lohnte, sie dorthin zu bringen. Vor allem T-Shirts und Unterwäsche waren daher dringend erneuerungsbedürftig.

Auf der anderen Seite mußte Tess schauen, daß sie Geld sparte, denn sie würde schließlich noch einige Dinge neu anschaffen müssen, bevor sie zurück in ihre Wohnung konnte. Allein für die Küche hatte sie eine zweiseitige Liste erstellt, und die Versicherung würde nur einen Bruchteil davon ersetzen.

Die neuen Sachen aber heiterten sie ein bißchen auf. Sie hatte vieles in fröhlichen Apfelgrüntönen gekauft, die wunderbar mit ihren roten Locken harmonierten, und Frau Norgel und Frau Scheuermeyer überschlugen sich geradezu mit Komplimenten, als sie im neuen Look wieder zur Arbeit antrat.

Tess bedankte sich nur zögerlich. Sie war ausgesprochen mißtrauisch, denn sie hatte nicht vergessen, was Rike über die beiden gesagt hatte.

Aber auch Frau Brück-Dillheimer – hormonseliger denn je – machte Tess vor der Mittagspause ein Kompliment wegen ihres ›zauberhaften Outfits‹, wie sie sich ausdrückte. Sie bat Tess dann nach nebenan in ihr Büro und fragte sie übergangslos, ob sie mit Herrn Werners Personalentscheidung einverstanden sei.

»Na ja«, sagte Tess unsicher und wählte ihre nächsten Worte mit Bedacht. Sie wollte nicht so klingen, als gönne sie ihrer Kollegin den Job nicht. »Rike wird das sicher gut machen«, sagte sie schließlich. »Trotzdem hat es mich gewundert, daß Herr Werner so plötzlich seine Meinung geändert hat.«

»Ja, das hat mich auch gewundert«, erwiderte Frau Brück-Dillheimer und sah Tess durchbohrend an, für einen Augenblick wieder ganz die alte. »Der Weg an die Spitze ist nicht immer leicht, liebe Frau Simon. Man braucht dafür Ellbogen und ein gewisses Maß an Rücksichtslosigkeit. Tatsächlich gehen Ihnen bis jetzt diese Eigenschaften völlig ab, und ich weiß nicht, ob ich sie Ihnen überhaupt wünschen soll.« Sie lächelte wieder. »So, und jetzt gehen Sie und machen Sie Mittagspause. Ich muß meine Beine hochlegen, wie es mir der Arzt verordnet hat.«

Tess verließ das Büro um eine Verwirrung reicher. Ellbogendenken und Rücksichtslosigkeit machten also für Herrn Werner jene Persönlichkeitskompetenz aus, die man seiner Ansicht nach für eine Führungsposition benötigte? Na fein, wenn das so war, dann wollte sie wirklich lieber bleiben, wie sie war.

»Kommst du mit in die Kantine?« fragte sie Lukas.

»Geht Rike auch mit?« fragte er zurück.

»Nein, die wollte in der Mittagspause einen kleinen Einkaufsbummel machen«, erwiderte Tess. »Aber ich finde, du benimmst dich wirklich albern. Vor allem in Anbetracht der Tatsache, daß Rike bald unsere Chefin ist.«

»Das ist mir scheißegal«, sagte Lukas grob. »Ich komme nur mit dir in die Kantine, wenn wir nicht von Rike reden, okay?«

»Gute Idee, wir streiten uns ja doch nur, wenn wir davon anfangen.« Tess lächelte ihn an. »Ich werde das Gefühl nicht los, daß du sauer auf mich bist, weil der Werner Rike und nicht mir den Job gegeben hat.«

»Das stimmt nicht«, widersprach Lukas. »Ich ärgere mich nur, daß du vor so offensichtlichen Tatsachen, wie der, daß Rike dich ausnutzt und dir nichts, aber auch gar nichts gönnt, die Augen verschließt. Du bist einfach zu naiv, was Rike angeht.«

»Siehst du, jetzt streiten wir schon wieder«, sagte Tess friedlich. »Wir wollten doch nicht mehr über sie reden.«

»Einverstanden«, meinte Lukas seufzend. »Der neue Look steht dir übrigens gut. Und du riechst – hm – sehr lecker.«

»Danke«, erwiderte Tess. »Das ist ein ganz neues Parfüm. Ein Geheimtip. Bis jetzt bin ich die einzige, die danach riecht.«

Die einzige war sie allerdings nicht lange. Als Rike aus der Mittagspause kam, hatte sie nicht nur ein komplettes Outfit in Apfelgrün gekauft und haargenau die gleichen Schuhe wie Tess, sondern auch das gleiche Parfüm. Tess hatte ihr den Namen des ›Geheimtips‹ verraten und roch nun bereits vier Meter gegen den Wind, daß Rike sich damit gründlich eingenebelt hatte. Und die gleiche Spitzenunterwäsche hatte Rike auch noch erstanden, wie sie erkannte, als Rike die edlen Teile triumphierend in die Höhe hielt.

Alle Achtung! Das war aber eine teure Mittagspause, dachte Tess. Na ja, im Gegenteil zu ihr konnte Rike es sich ja leisten, angesichts der Tatsache, daß sie bald befördert wurde.

»Du bist doch nicht böse?« fragte Rike mit Kleinmädchenstimme.

Tess warf einen Blick zu Lukas hinüber, der mit steinerner Miene zurückblickte, und zuckte ihre Schultern.

»Das ist ein freies Land«, sagte sie.

Rike drehte sich in ihren neuen Kleidern einmal um die eigene Achse. »Frau Norgel und Frau Scheuermeyer sagen übrigens, es steht mir wunderbar. Viel besser als dir.«

Lukas an seinem Schreibtisch bekam einen heftigen Hustenanfall.

»Ist irgend etwas mit dir?« wollte Rike fragen, aber im gleichen Augenblick läutete ihr Telefon.

Es war der abartige Alois. Ihm schienen Rikes neue Sachen auch zu gefallen.

»Der enge Rock macht mich ganz scharf«, raunte er, und seine über die Mithörtaste in den Raum geleitete, offenbar magnetische Stimme lockte wie üblich Frau

Norgel und Frau Scheuermeyer von nebenan herbei. »Ich stelle mir vor, du stehst mir im Aufzug gegenüber, und der Aufzug bleibt stecken. Während die Alarmglocke schrillt, werfe ich dich gegen die Wand ...«

Während der abartige Alois für längere Zeit in seinen Phantasien schwelgte und Rike, Frau Norgel und Frau Scheuermeyer gespannt lauschten, was in einem Aufzug so alles möglich war, sah Tess noch einmal zu Lukas hinüber. Als sich ihre Blicke trafen, lächelte sie.

Lukas blieb ernst.

An einem Abend der nächsten Woche mußte Tess länger bleiben, um die Pressemappe für den *Tag der offenen Tür* zusammenzustellen, der in ein paar Wochen stattfinden sollte. Rike ging pünktlich, um fürs Abendessen einzukaufen und zu kochen, wie sie sagte. Tess argwöhnte, daß sie vorher noch einen Abstecher ins Schuhgeschäft machen und das Paar Schuhe kaufen wollte, was sie in der Mittagspause vergessen hatte. Rike hatte die ganze Zeit versucht, herauszufinden, wo Tess ihre Schuhe erworben hatte, und schließlich war es Tess zu blöde gewesen, es zu verheimlichen. Sie wußte schon jetzt, daß Rike nachher in ihrer Küche auf sie warten würde, besagte Schuhe an den Füßen.

›Bist du böse?‹ würde sie mit schiefgelegtem Kopf und Kleinmädchenstimme fragen und dann hinzufügen: ›Aber ich finde, mir stehen sie viel besser als dir.‹

Was sollte es schon! Wenn die Ärmste keine eigenen Ideen hatte, dann war sie doch nur zu bemitleiden. Obwohl Tess zugeben mußte, daß ihr das Zusammenleben mit Rike und die ewige Nachäfferei allmählich auf die Nerven gingen. Sie hoffte, daß die Renovierung ihrer Wohnung schneller vonstatten ging, als der Versicherungsmann gesagt hatte.

Bei ihrem gestrigen Vorbeischauen hatte es allerdings noch nicht danach ausgesehen. Immerhin waren die Tapeten heruntergerissen und die Wände aufgestemmt worden, dort, wo die alten Leitungen entfernt werden sollten. In diesem Zustand hatte die Wohnung eigentlich noch trostloser ausgesehen als vorher.

Am Tag vorher hatte sie eine neue Küche ausgesucht, die erst in acht Wochen geliefert werden konnte. Mit der Küche hatte sie ihr Budget nicht nur überschritten, sondern geradezu gesprengt. Das lag in erster Linie an dem hypermodernen Elektroherd, der mit einer Überkochautomatik ausgestattet war. Da konnte nichts anbrennen oder überkochen – geschweige denn eine leere Herdplatte einfach weiterbrennen und einen Wohnungsbrand entfachen. Diese Erfindung hatte sie so fasziniert, daß sie nicht hatte widerstehen können. Nie mehr Angst haben, ob man den Herd auch ausgemacht hatte – das war sein Geld einfach wert. Schließlich war Tess im wahrsten Sinne des Wortes ein gebranntes Kind.

Die Pressemappen zusammenzustellen nahm mehr Zeit in Anspruch, als Tess kalkuliert hatte. Das lag daran, daß einige wichtige Artikel noch nicht kopiert und in entsprechender Anzahl vorbereitet worden waren, was eigentlich Rikes Aufgabe gewesen war. Offenbar fand sie, daß es sich für die zukünftige Chefin nicht ziemte, solch niedere Arbeiten zu erledigen, und so mußte Tess diese Arbeit auch noch machen.

Als sie endlich alles fertig hatte, war es beinahe halb sieben, und außer dem Putzfrauengeschwader und dem Pförtner sicher niemand mehr im Haus.

Draußen schien immer noch die Sonne, und Tess konnte es gar nicht abwarten, endlich an die frische Luft zu kommen.

Und Hunger hatte sie auch. Einen Bärenhunger.

Hoffentlich hat Rike wenigstens etwas Leckeres gekocht, dachte Tess. Sie und Rike waren darin übereingekommen, für die Dauer von Tess' ›Besuch‹ abwechselnd einzukaufen und zu kochen, und dieses Arrangement hatte bis jetzt auch gut funktioniert. Wenn Tess sich für den Abend verabredete, mit Verena, mit ihrer Mutter, oder mit einer anderen Freundin, achtete sie darauf, einen Tag auszusuchen, an dem Rike mit dem Kochen dran war, so daß sie ihr in diesem Fall die Arbeit ersparen konnte. Außerdem kochte Rike nicht sonderlich gut. Sie bevorzugte Pizza aus der Tiefkühltruhe, was Tess unangenehm an Max erinnerte.

Der Aufzug hielt im vierten Stock an und nahm einen weiteren Fahrgast auf. Es war Lukas.

»Was machst du denn noch hier?« fragte Tess verblüfft.

Die Aufzugstüren schlossen sich hinter Lukas.

»Ich bin der abartige Alois und habe dir aufgelauert«, raunte er und rollte seine Augen. Im gleichen Augenblick stoppte der Aufzug zwischen zwei Stockwerken mit einem Ruck, begleitet von einem eigenartigen knirschenden Geräusch.

»Nanu!« machte Lukas erstaunt.

5.

Panikkurzschlußsonderfallreaktion

»Sehr witzig«, schnappte Tess. »Bring das Ding sofort wieder in Fahrt.«

Lukas schaute auf die Bedienungstastatur.

»Das verstehe ich nicht«, sagte er

»Laß die Scherze«, fauchte Tess. »Ich leide unter Klaustrophobie. Auch Platzangst genannt.«

»Dann solltest du grundsätzlich die Treppe benutzen«, meinte Lukas und drückte mehrmals heftig auf den roten Knopf, neben dem *Notruftaste* stand.

Nichts geschah.

»Ich hoffe, der Pförtner ist nicht gerade auf einem seiner Rundgänge«, bemerkte Lukas.

»Was willst du damit sagen?« herrschte Tess ihn an. »Wieso fährt der Aufzug nicht weiter?«

»Ach Tess, woher soll ich das denn wissen? Das Biest ist einfach stehengeblieben. An Überladung kann es aber schon mal nicht liegen – wir beide zusammen werden schwerlich sechshundertundzehn Kilogramm auf die Waage bringen.«

»Willst du damit sagen, du hast nichts damit zu tun?«

Lukas betrachtete sie kopfschüttelnd. »Was soll ich denn damit zu tun haben, daß der verdammte Aufzug steckenbleibt? Meinst du, ich kann mir nichts Schöneres vorstellen, als mit dir an einem lauen Frühlingsabend in einem häßlichen, neonbeleuchteten Aufzug festzustecken?«

»Schon gut, ich dachte, du hättest einen Scherz gemacht«, sagte Tess beschwichtigend. »Ich dachte, du wolltest den abartigen Alois spielen …«

»… und dich an die Aufzugswand quetschen, dir die Klamotten vom Leib reißen und unanständige Dinge sagen?« fragte Lukas. »Sorry, aber da ist mir im Augenblick nicht nach.«

»Aber was machen wir denn jetzt?«

»Nichts. Wir warten. Der Pförtner sieht die Alarmlampe – oder was auch immer, er benachrichtigt den Notdienst der Firma, die das verdammte Ding hergestellt hat, und dann holen die uns hier heraus.«

»Das kann aber dauern«, stöhnte Tess. »Meinst du, wir ersticken hier drin?«

»Blödsinn. Hier kannst du tagelang drinsitzen.«

»Vorher verhungern wir dann noch.« Tess konnte ihren Magen wieder knurren hören. »Was hast du denn um diese Uhrzeit noch hier zu suchen?«

»Ich war bei Werner«, erklärte Lukas nach kurzem Zögern und drückte noch einmal auf die Notruftaste.

»Ah, der zukünftige Topmanager wollte sich beim Boß noch einmal einschleimen.«

»Blödsinn! Ich wollte ihn noch einmal auf diese Sache mit dir ansprechen. Ich wollte einfach von ihm wissen, was Rike über dich gesagt hat oder warum er seine Meinung geändert hat.«

»Und, was hat er gesagt?«

»Zuerst nichts. Er hat mich über eine Stunde warten lassen und dann gesagt, er halte große Stücke auf mich, aber es stehe mir nicht zu, seine Personalentscheidungen anzuzweifeln. Er habe schon seine Gründe, blablabla.«

»Arrogantes Arschloch!«

»Ja, das ist er. Er wollte mich mehr oder weniger rausschmeißen.«

»Na toll, jetzt hast du's dir auch noch mit ihm verdorben.« Tess sah Lukas liebevoll an. »Und alles meinetwegen.«

»Ja!« seufzte Lukas. »Ich wünschte nur, du würdest endlich einsehen, wie krank diese Rike ist.«

»O nein, nicht schon wieder die alte Leier.«

»Ich bitte dich, das ist doch nicht normal! Sie hat sich deinen Job erschwindelt, sich exakt die gleichen Sachen gekauft, sogar das Parfüm! Vorher hat sie alles ihrer armen Schwester nachgemacht. Kein Wunder, daß die nach Australien gegangen ist.«

»Ja, Rike spinnt ein bißchen«, gab Tess zu. »Mir geht das ja auch auf die Nerven, aber deshalb ist sie noch lange nicht so abgrundtief schlecht, wie du sie darstellst! Satans Tochter.«

»Doch, das ist sie«, behauptete Lukas. »Und total verlogen. Sie hat behauptet, von Werner völlig überrascht worden zu sein, oder? Warum aber habe ich sie dann am Vormittag des besagten Tages noch in der Nähe von Werners Büro angetroffen? Und warum hat keiner von uns mitgekriegt, als Werners Sekretärin angerufen hat, um den Termin mit ihr zu vereinbaren. Und warum, meinst du, hat sie dir all den Scheiß über Frau Norgel und Frau Scheuermeyer erzählt, die dich angeblich nicht leiden können und dich nicht als Chefin haben wollten?«

»Weiß nicht? Vielleicht stimmt es ja?«

»Blödsinn. Die Norgel und die Scheuermeyer mögen dich, das weißt du ganz genau. Außerdem habe ich sie darauf angesprochen, und sie schwören Stein und Bein, daß sie niemals über dich geredet haben, schon gar nicht mit Rike.«

Tess sah ihn empört an. »Das glaub' ich einfach nicht! Du bist ja schlimmer als jedes Waschweib. Rennst von einem zum anderen und hetzt hinter ihrem Rücken gegen Rike.«

»Ich gehe der Sache nur auf den Grund«, sagte Lukas. »Und ich bin kein so dummes Schaf wie du. Ich habe dem Werner gesagt, daß ich keine Lust hätte, in einer Abteilung zu arbeiten, die von einer so wenig kompetenten Person wie Rike geführt werden würde. Und daß ich ebensowenig wie du verstehen könne, warum er sich anders entschieden habe.«

»Alter Intrigant!« sagte Tess perplex.

»Nur weil ich Position beziehe? Aber wenn du so darüber denkst, sage ich dir gar nicht erst, wie der Werner mir seine Entscheidung begründet hat.«

»Dann behalte es eben für dich«, sagte Tess beleidigt.

Eine Weile herrschte Schweigen. Lukas drückte nur unmotiviert auf allen Knöpfen herum, die er finden konnte. Aber der Aufzug rührte sich nicht von der Stelle.

»Wieso kommt denn niemand?« fragte Tess schließlich. »Ich habe Hunger, und ich muß mal.«

Lukas drückte erneut auf die Notruftaste.

»Sicher ist schon Rettung unterwegs«, sagte er. »Wir können nur nichts hören, weil es hier keine verdammte Gegensprechanlage gibt.«

»Hast du den Film ›Abwärts‹ gesehen?« fragte Tess.

»Wie das Ding da vierzig Stockwerke runtergesaust ist?«

»Wir stecken zwischen dem vierten und dritten Stockwerk, wenn es dich beruhigt«, sagte Lukas.

»Nein, das beruhigt mich ganz und gar nicht«, versicherte ihm Tess. »Wir sind auf jeden Fall Mus, wenn das Ding hier auf einmal ohne Seil in den Keller fällt.«

»Sei still«, sagte Lukas.

Tess dachte gar nicht daran. »Ich habe Klaustrophobie«, wiederholte sie. »Ich werde verrückt in engen Räumen.«

»So schlimm kann es aber nicht sein«, sagte Lukas und betrachtete sie aufmerksam. »Du hast ja nicht mal Schweißausbrüche.«

»Aber Magenknurren«, sagte Tess und ließ sich auf den Boden sinken. So war es doch gleich bequemer. »Was machen wir denn, wenn die uns hier drin vergessen haben?«

»Na ja, dann essen wir uns gegenseitig auf«, meinte Lukas und legte den Kopf in den Nacken, um zu schauen, ob im Dach des Fahrstuhls eine Luke war. Wenn ja, dann war sie unter der Verkleidung und der Beleuchtung versteckt.

»Was suchst du?« fragte Tess. »Willst du aufs Dach klettern und dich in die nächsthöhere Etage hangeln? In ›*Abwärts*‹ ist dabei, glaube ich, einer abgestürzt.«

»Ich will nirgendwo hochklettern«, sagte Lukas ärgerlich. »Ich will nur, daß dieser verdammte Pförtner uns hier rausholt.«

Wieder schwiegen sie eine Zeitlang.

»Ich habe Angst«, sagte Tess schließlich.

»Wovor denn?«

»Ich sagte doch, daß ich unter Platzangst leide.«

»Blödsinn. Wenn du unter Platzangst littest, hättest du längst einen hysterischen Anfall bekommen.«

»Und wenn ich jetzt einen kriege? Glaubst du mir dann, daß ich Platzangst habe?«

»Nein, jetzt ist es zu spät. Ich würde dann nur glauben, daß du hysterisch bist.«

»Und mir eine runterhauen«, vermutete Tess düster. »Das machen die Männer in Filmen immer mit hysterischen Frauen.«

»Ich bin doch nicht der abartige Alois«, verwahrte sich Lukas. »Ich schlage keine Frauen.«

»Egal, was ich tue, du würdest mich niemals schlagen?« fragte Tess neugierig. »Aber wenn ich jetzt ganz schrecklich zu schreien anfange und nicht mehr aufhöre?«

»Das wirst du nicht tun«, sagte Lukas.

»Doch«, sagte Tess etwas lauter und holte dann tief Luft für einen lauten Schrei: »Hiiiiiilfe, wir sind hier drinnen!«

»Pssssst«, machte Lukas. »Was war das?«

»Der Fahrstuhl hat sich bewegt«, rief Tess. »Weil ich geschrien habe. Hiiiilfe!«

Der Fahrstuhl ruckte noch einmal und fuhr ein paar Zentimeter aufwärts. Dann blieb er erneut stehen.

»Haaaaaaalloooooo!« schrie Tess.« Heee, ihr da oben, hier sind wir!«

»Tess, halt den Mund. Die wissen, daß wir hier sind. Wo sollten wir sonst sein?«

»Haaaaaaalloooooooo! Hiiiiilfe!« schrie Tess unbeirrt. Ihre eigenen Ohren schmerzten von ihrem Gebrüll.

Lukas kniete neben ihr nieder und legte ihr eine Hand auf den Mund. »Klappe jetzt! Das reicht!«

Tess schob seine Hand zur Seite. Lukas machte ein Gesicht, als würde er ihr tatsächlich jeden Augenblick eine scheuern.

»Oh, ich sehe schon, im Aufzug wird aus jedem braven Mann ein abartiger Alois«, spottete sie und holte wieder tief Luft. »Sag mir, was der Werner gesagt hat, oder ich schreie wieder.«

»Tu's nicht«, warnte Lukas. »Der Werner hat nur gesagt, was ich schon die ganze Zeit vermutet hatte. Diese Rike ist zu ihm gegangen und hat …«

Oh nein, nicht schon wieder. »Hiiiii …«, setzte sie an, aber da fühlte sie völlig unerwartet Lukas' Mund auf ihren Lippen.

Was, zur Hölle …?

Tess vergaß zu atmen. Zuerst fühlte sich sein Kuß so an, als preßte man ihr eine Handvoll unreifer Johannisbeeren auf den Mund, aber dann wurde er sanfter und zärtlicher. Tess hatte auf einmal das Gefühl zu zerfließen.

Mann, konnte der küssen!

»Hm … hm!« machte es hinter ihnen. Lukas löste sich von Tess, die ein paar Sekunden mit geschlossenen Augen auf dem Boden sitzen blieb.

In der offenen Fahrstuhltür standen der Pförtner und zwei vierschrötige Kerle im Blaumann.

»Wir wollen ja nicht stören«, sagte der Pförtner anzüglich. »Aber wenn Sie wollen, können Sie jetzt nach Hause gehen.«

»Das wurde aber auch höchste Zeit«, sagte Lukas würdevoll und zog Tess vom Boden auf.

»War ein klitzekleiner Kurzschluß in der Elektronik«, setzte einer der Blaumänner grinsend hinzu.

»Der klitzekleine Kurzschluß hat uns ...« Lukas sah auf die Uhr, »genau fünfundzwanzig Minuten gekostet.«

»Der alte Lift bekommt so seine Macken. Nächste Woche wird er generalüberholt«, sagte der Pförtner. Er wollte noch etwas hinzusetzen, aber Lukas unterbrach ihn.

»Das ist auch gut so«, sagte er fest. »Schönen Abend noch.« Energisch zerrte er Tess an den immer noch grinsenden Männern vorbei ins Foyer.

»Ähm, ich habe überhaupt nicht gemerkt, daß wir abwärts gefahren sind, du etwa?« stotterte Tess. Ihre Wangen und Ohren glühten, vermutlich hatten sie die Farbe ihres Haares angenommen. »Und was hat der Werner nun genau gesagt?«

Lukas antwortete nicht. Schweigend gingen sie hintereinander durch die große Drehtür. Draußen sah Lukas wieder auf seine Uhr.

»Mist, wenn ich die Bahn bekommen will, muß ich laufen«, sagte er. »Das sollte ich glatt als Überstunde abrechnen.«

»Gute Idee«, meine Tess verlegen. Sie wagte es kaum, Lukas anzuschauen. Es war ihr, als würde sie seine Lippen immer noch auf den ihren spüren. Er konnte wirklich küssen – zum Dahinschmelzen!

Wer hätte das gedacht? Der gute alte Luke.

»Ciao, Tess, bis morgen«, sagte der gute alte Luke in neutralem Tonfall. Er wandte sich zum Gehen.

»He!« sagte Tess. »Sollten wir nicht ...?« Sie verstummte. Was hatte sie fragen wollen: Sollten wir nicht darüber reden? Peinlich, das war ja das typische Weiberklischee: Immer alles totreden.

»Es tut mir leid«, sagte Lukas. »Das mit dem Kuß, meine ich. Ich wollte dich einfach zum Schweigen bringen.«

Und das ist dir auch gelungen, dachte Tess. Noch eine Sekunde mehr, und von mir wäre nur noch eine Handvoll Asche übriggeblieben.

»Aha«, sagte sie leicht beleidigt.

»Einigen wir uns darauf, daß es eine Art Kurzschlußreaktion war«, schlug Lukas vor.

Nun, das klang immerhin schon besser als: ›Ich wollte dir nur das Maul stopfen.‹ Sie schaute ihn abwartend an.

»Eine Sonderfallreaktion«, fuhr Lukas fort. »Man bleibt ja nicht alle Tage im Aufzug stecken, oder?«

Nun, er wollte offenbar nicht über die seltsame Magie des Augenblickes sprechen. Vielleicht hatte er sie nicht mal bemerkt. In diesem Fall wollte sie sich um keinen Preis die Blöße geben, ihm zu eröffnen, wie wundervoll sie es gefunden hatte.

»Stimmt«, sagte sie und versuchte, ihrer Stimme einen heiteren Klang zu verleihen. »Und wir hatten sozusagen Panik. Es war also eine Paniksonderfallreaktion.«

Lukas lachte. »Ja, eine Panikkurzschlußsonderfallreaktion – ganz einfach.«

»So was passiert«, setzte Tess eifrig hinzu. »Wir müssen uns keine Gedanken darüber machen. Schönen Abend noch.«

»Gleichfalls«, sagte Lukas und verschwand eilig Richtung Straßenbahnhaltestelle, um seine Bahn zu erwischen.

Tess sah ihm hinterher. Da ging er hin, ihre Panikkurzschlußsonderfallreaktion.

Von wegen keine Gedanken machen! Tess konnte an gar nichts anderes mehr denken als an das, was da eben im Aufzug passiert war.

Eine Paniksonderfallkurzschlußreaktion?

Oder doch ein klassischer Fall von: Tausendmal berührt, tausendmal ist nichts passiert. Tausend und eine Aufzugfahrt, und es hat zouuuuum!!!! gemacht.

Jedenfalls bei ihr.

»Hast du was?« erkundigte sich Rike, als Tess über dem Abendessen (Rike hatte zwei Pizzen in den Backofen geschoben) vor sich hin starrte.

»Zouuuuum«, flüsterte Tess.

»Wie bitte?«

»Nein, ich habe nichts.« So gerne Tess mit jemandem über das Vorgefallene geredet hätte – ausgerechnet Rike mußte es ja nicht sein. Überdies fiel ihr ein, was Lukas im Fahrstuhl gesagt hatte.

»Sag mal, Rike, wußtest du tatsächlich nichts davon, daß Werner sich überlegt hatte, nicht mir, sondern dir den Job zu geben?«

»Natürlich nicht. Ich war genauso erstaunt wie du. Aber jetzt wechsle nicht das Thema! Du hast wohl was! Du müßtest dich mal anschauen. Du siehst aus wie frisch verliebt.« Rike musterte sie durchbohrend.

Frisch verliebt! Tess verschluckte sich beinahe an einer Olive. Blödsinn.

Sie und Luke waren alte Freunde. Gute alte Freunde, die sich alles sagen konnten und immer zusammenhielten. Lukas erzählte ihr von seinen Frauengeschichten, und sie beklagte sich bei ihm über die Männer.

»Kenne ich ihn?« wollte Rike wissen.

»Was? Wen denn?«

»Na, den Kerl, in den du dich verknallt hast.«

»Ich habe mich nicht in ihn verknallt«, widersprach Tess heftig.

»Und in wen hast du dich nicht verknallt, Tessilein?« fragte Rike schlau.

Tess schaute überrascht auf. Uuups, da hatte sie sich wohl verplappert.

»In niemanden! Sag mal, bist du ganz sicher, daß die Norgel und die Scheuermeyer beim Werner waren, um zu sagen, daß sie mich auf keinen Fall als Chefin akzeptieren?«

»Tess! Lenk nicht immer ab. Das macht dich nur verdächtig. Daß du nicht verliebt bist, nehme ich dir nicht ab«, sagte Rike und seufzte schwer: »Ach, ich würde mich auch so gern mal wieder verlieben!«

Das kann ich mir vorstellen, dachte Tess. Laut sagte sie: »Du hättest eben deinen tollen Archibald behalten sollen.«

»In den war ich doch nicht mehr verliebt«, entgegnete Rike. »Ich will aber mal wieder dieses Kribbeln im Bauch spüren, dieses wahnsinnig schöne Gefühl, das man nur hat, wenn man frisch verliebt ist. Glänzende Augen, verträumter Blick, rote Ohren – genau wie du jetzt.«

»Blödsinn«, sagte Tess und faßte sich schuldbewußt an die immer noch glühenden Ohren. »In wen, bitte, sollte ich mich denn verliebt haben? Den ganzen Tag habe ich gearbeitet und die Kopien gezogen, die du verschlampt hattest, und dann bin ich direkt nach Hause zu dir gekommen.«

»Vielleicht kennst du ihn ja schon länger. Ist es jemand aus der Firma?«

Tess lachte laut, aber sie fand selbst, daß es unecht klang. Sie beschloß, in die Offensive zu gehen.

»Und wer, bitte, schwebt dir da vor?«

»Na ja, ich wüßte da schon den einen oder anderen ...« Rike sah sie mit schiefgelegtem Kopf an und wechselte dann zu Tess' großem Erstaunen von sich aus das Thema:

»Hast du gesehen, daß die Brüll-Duckeimer ein Schwangerschaftskleid aus der Mami-und-Baby-Kollektion trug? Dabei paßt die immer noch in Größe 36, und ihr Bauch ist flach wie eine Trommel. Lächerlich, oder?«

Tess nickte erleichtert. Offenbar hatte Rike das Interesse an ihrer angeblichen Verliebtheit verloren. Das war auch gut so. Tess wollte in keinem Fall, daß sie auch nur vermutete, zwischen ihr und Lukas könne etwas laufen. Jedenfalls nicht, solange sie selbst nicht so recht Bescheid wußte.

Das Herzklopfen und das, was sie ›das eigenartige Gefühl‹ nannte, ging die ganze Nacht nicht weg. Tess konnte kaum schlafen, und wenn, dann träumte sie unruhig und lauter wirres Zeug. Alles in allem fühlten sich die Symptome tatsächlich an wie ganz gewöhnliche Verliebtheit, nur viel heftiger als üblich.

Kann gar nicht sein, dachte Tess. Wieso habe ich zwei Jahre jeden Tag mit ihm zusammen im Büro gesessen und gar nichts gefühlt?

Und was ist mit ihm? dachte sie, während sie sich in den frühen Morgenstunden schlaflos in Rikes Gästebett herumwälzte. Wieso kam er plötzlich auf die Idee, sie zu küssen? Aus heiterem Himmel?

War das wirklich nur eine Panikkurzschlußsonderfallreaktion gewesen? Und wenn, fühlte er dann jetzt genau das gleiche wie sie?

Um fünf Uhr hielt Tess es nicht mehr im Bett aus. Sie nahm eine Wechseldusche, wusch sich die Haare und kümmerte sich ausgiebig um ihre Schönheitspflege. Als Rike um sieben aus ihrem Zimmer kam, saß Tess schon fix und fertig am Frühstückstisch und löffelte ihre Cornflakes.

»Ich habe dir Tee gemacht«, sagte Tess und versuchte, ein harmloses Gesicht zu machen.

Rike rieb sich ihre Augen. »Danke.«

Im Vorbeigehen fragte sie: »Und für wen hast du dich so schön gemacht, Tessilein?«

Tess seufzte. Rike entging aber auch gar nichts.

Als die beiden Mädchen ins Büro kamen, herrschte dort helle Aufregung, und Tess vergaß erst einmal, sich um ihre gerade erwachten Gefühle für Lukas zu kümmern.

In der Nacht war in einem Werk der Niessing-Chemie-AG, in welchem Kunstdüngemittel hergestellt wurden, ein Brand ausgebrochen. Die Medien und Umweltschutzinitiativen stürzten sich auf diese Katastrophe wie Haie auf einen blutigen Fischköder. Sie wollten wissen, ob bei dem Brand giftige Gase ausgetreten waren, ob Gefahr für Mensch und Tier bestünde und ob die Firma den Opfern Entschädigung zahlen würde.

Ein klassischer Fall für die Abteilung Presse- und Öffentlichkeitsarbeit also.

Frau Norgel und Frau Scheuermeyer hatten bereits siebzehn Anrufer von Presse, Funk und Fernsehen auf später vertröstet, als die Referenten und ihre Leiterin um neun Uhr ihren Arbeitstag begannen.

»Hier ist die Hölle los«, sagte Frau Norgel aufgeregt. »Sogar der WDR hat angerufen. Die wußten alle mehr als ich und haben mich ganz wüst beschimpft.«

»Wimmeln Sie bis auf weiteres alle Anrufer ab, und sagen Sie, wir laden um zwölf Uhr zur Pressekonferenz in den großen Konferenzsaal«, befahl Frau Brück-Dillheimer, ganz in ihrem Element. »Lukas, Sie besorgen mir alle Informationen über diesen Brand, die Sie bekommen können, Frau Simon und Frau Falk suchen alles heraus, was es bisher an ähnlichen Vorfällen in unserer Firmengeschichte gegeben hat. Wir treffen uns in einer Stunde in meinem Büro und bereiten die Pressekonferenz vor.«

Sie rieb sich die Hände. »Das ist doch mal wieder Arbeit in meinem Sinne.«

»Vergessen Sie nicht, daß Sie sich auf keinen Fall aufregen dürfen«, mahnte Frau Norgel. »Denken Sie an das Kleine.«

Der Chef-Funke in Frau Brück-Dillheimers Gesicht erlosch so plötzlich, wie er erglommen war.

»Sie haben natürlich recht«, murmelte sie und verschwand in ihrem Büro.

Jetzt erst warf Tess Lukas einen prüfenden Blick zu. Er sah nicht so aus, als habe er die ganze Nacht nicht geschlafen. Im Gegenteil. Er lächelte ihr flüchtig zu, bevor er sich ans Telefon hängte, das war alles.

Etwas enttäuscht zog Tess mit Rike ins Archiv ab. Lukas konnte doch nicht einfach so über das hinweggehen, was gestern passiert war. Unmöglich! Sie wäre beinahe unter seinen Händen verglüht, und er tat so, als wäre alles beim alten.

Eine Stunde später, in Frau Brück-Dillheimers Büro, beobachtete sie ihn verstohlen von der Seite, während er die Recherchen der letzten Stunden zusammenfaßte.

Der Brand sei schon nach zwei Stunden von der Feuerwehr unter Kontrolle gebracht worden, giftige Gase nur in unwesentlicher, sprich sehr niedriger Konzentration freigesetzt worden. Dennoch seien die Bewohner der umliegenden Gemeinde über Lautsprecher dazu angehalten worden, die Fenster und Türen geschlossen zu halten und sich innerhalb ihrer Wohnung aufzuhalten.

»Also haben wir alles richtig gemacht«, sagte Frau Brück-Dillheimer erleichtert.

»Nicht ganz«, sagte Lukas. »Leider ist der Wachmann ums Leben gekommen, den das Feuer überrascht hat.«

Frau Brück-Dillheimer stöhnte. »Hatte er Familie?«

»Leider ja«, bestätigte Lukas. »Frau und zwei kleine Kinder. Die Privaten werden uns also auch auf die Pelle rücken.«

»Der arme Mann. Die armen Kinderchen«, stöhnte Frau Brück-Dillheimer.

»Ich habe bereits veranlaßt, daß einer der Geschäftsführer bei der Pressekonferenz anwesend ist und einige passende Worte zum Todesfall sagt«, bemerkte Lukas.

»Die armen Kinder, die arme Frau«, flüsterte Frau Brück-Dillheimer gebrochen. »Also, wenn ich mir vorstelle ...«

Die anderen musterten sie erstaunt. Was war denn in ihre knallharte Chefin gefahren? Als im letzten Jahr der Absturz eines Ferienfliegers die ganze Nation aufgewühlt hatte, hatte sie lediglich gesagt: »Selber schuld. Wer mit diesen billigen Charterflügen fliegt, muß damit rechnen, abzukratzen.« Und jetzt brachte sie das Schicksal der Familie des verunglückten Wachmannes völlig aus dem Häuschen.

»Ist mit Ihnen alles in Ordnung?« fragte Tess besorgt.

»Nein.« Frau Brück-Dillheimer schüttelte den Kopf. »Mir ist ganz merkwürdig zumute. Ich glaube, ich gehe besser zum Arzt, ehe es schlimmer wird.«

»Wie bitte?« Die Referenten starrten sie entsetzt an.

»Sie können uns doch nicht im Stich lassen«, sagte Rike.

Frau Brück-Dillheimer sah sie mürrisch an. »Und wieso nicht, bitte? Die Gesundheit meines Kindes geht vor. Und das ist einfach zuviel für Peppo.«

Peppo? Was für ein eigenartiger Name für ein ungeborenes Kind. Noch eigenartiger natürlich für ein geborenes Kind. Peppo Brück-Dillheimer – das arme Kleine!

»Es ist nur der Arbeitstitel«, sagte Frau Brück-Dillheimer entschuldigend und erging sich in einer wahren Redeflut. »Wir wissen ja noch nicht mal, ob es ein Junge oder ein Mädchen wird. Ich weiß auch gar nicht, ob ich es wissen will oder nicht. Die Überraschung nach der Geburt ist doch so etwas Schönes, oder? Mein Mann und ich haben das Kleine Peppo genannt, damit wir nicht immer ›das Baby‹ sagen müssen. So ist es doch viel persönlicher, finden Sie nicht? Wie muß wohl der armen Frau des Wachmannes zumute sein? Ganz allein mit ihren Kindern? Ich mag gar nicht daran denken.«

Die drei Referenten sahen einander an. Nebenan tobten Frau Norgel und Frau Scheuermeyer um die wild klingelnden Telefone herum, in einer Stunde sollte die Pressekonferenz stattfinden, und Frau Brück-Dillheimer redete hier über ihre persönlichen Gefühle.

»Vielleicht sollten wir uns jetzt lieber wieder an die Arbeit machen«, schlug Lukas vor.

»Tun Sie das mal«, sagt Frau Brück-Dillheimer. »Aber ohne mich. Ich bin eine Risikoschwangerschaft, müssen Sie wissen. Aufregung ist Gift für Peppo und mich. Frau Falk, die Abteilung gehört Ihnen.«

»Aber ...«, stotterte Rike. »Wie soll ich das denn ganz allein ...?«

»Sie schaffen das schon«, meinte Frau Brück-Dillheimer und drückte auf die Gegensprechanlage: »Frau Scheuermeyer, würden Sie so nett sein und mir ein Taxi zum Haupteingang bestellen?«

»Sie können mich doch jetzt nicht allein lassen«, rief Rike aus. Das pure Entsetzen schwang in ihrer Stimme mit.

»Sie sind ja nicht allein.« Frau Brück-Dillheimer griff bereits nach ihrer Jacke aus der Mami-und-Baby-Kollektion. »Sie haben äußerst fähige Mitarbeiter. Auf Wiedersehen – und toi, toi, toi.«

»Gleichfalls«, sagten Tess und Lukas verblüfft. Rike sagte nichts. Sie starrte nur völlig konsterniert hinter der Chefin her.

»Das kann sie doch nicht machen«, flüsterte sie verzweifelt.

»Natürlich kann sie«, sagte Lukas. »Aber wir haben jetzt Wichtigeres zu tun. Los, nehmt euch ein bißchen zusammen. Was haben eure Recherchen ergeben?«

»Ich finde das eine bodenlose Unverschämtheit«, keuchte Rike. »Nur weil sie schwanger ist, kann sie sich doch nicht alles herausnehmen. Der gehört doch fristlos gekündigt.«

Tess räusperte sich und schaute auf ihre Notizen. »Lukas hat recht, Rike, wir müssen weitermachen. In einer Stunde ist die Pressekonferenz, und da sollten wir nicht dastehen wie Schulkinder, die von ihrer Lehrerin im Stich gelassen worden sind.«

Als Rike nichts erwiderte, fuhr sie fort: »In den vergangenen zwanzig Jahren gab es nicht weniger als dreiundvierzig Zwischenfälle diese Art. Die meisten sind glimpflich abgelaufen, aber elf davon gefährdeten tatsächlich die Gesundheit der Anwohner des betreffenden Gebietes, in zwei Fällen gab es Tote, und in einem Fall prozessiert ein Betroffenenverband immer noch gegen die Niessing AG wegen fahrlässiger Körperverletzung. Wenn die Presse diese Beispiele hervorkramt, müssen wir gewappnet sein.«

Rike legte sich die Hand auf den Magen. »Sie werden uns zerreißen wie eine Hundemeute einen armen Fuchs«, sagte sie. »Ich habe jetzt schon eine höchst ungesunde Pulsfrequenz. Und ich fühle mich mindestens so mies wie die Brück-Dillheimer.«

»Wir schaffen das schon«, meinte Lukas beruhigend. »Einer von uns macht den Pressesprecher, die anderen arbeiten ihm zu. Am besten, Rike, du gewöhnst dich schon mal an deine leitende Position.«

»Ich? Niemals! Ich sterbe, wenn ich vor diese Leute und die blitzenden Kameras treten muß. So was habe ich noch nie gemacht, außer in Rollenspielen.«

»Dann wird es jetzt höchste Zeit.«

»Nein.« Rike schüttelte den Kopf. »Ich sehe außerdem heute ganz fürchterlich aus. Du machst den Pressesprecher, Lukas, ich als deine zukünftige Vorgesetzte, befehle es dir einfach.«

»Also gut«, erklärte sich Lukas einverstanden, und Tess bewunderte ihn für seine Coolness. »Dann machen wir uns mal an die Arbeit.«

Ein Stunde später trat Lukas äußerlich ganz ruhig im großen Konferenzsaal vor die Mikrofone. Er gab eine kurze und sachliche Zusammenfassung der Ereignisse der vergangenen Nacht. Ruhig erklärte er, daß alle erforderlichen Vorsichtsmaßnahmen getroffen worden seien, obwohl zu keinem Zeitpunkt die Gefahr einer Umweltkatastrophe bestanden habe. Ausführlich beschrieb er, wie es zu dem tödlichen Unfall des Wachmannes hatte kommen können, und das tat er mit so viel echter Betroffenheit, wie es kein Profi hätte besser machen können.

Tess, die mit Herzklopfen und einem Packen Zetteln im Hintergrund stand, konnte nicht umhin, Lukas für seine Souveränität zu bewundern. Er war es, der dafür gesorgt hatte, daß die Konferenz einwandfrei vorbereitet worden war und eine lückenlose Presseinformation auf vier Seiten herausgegeben werden konnte. Rike und Tess sowie Frau Norgel und Frau Scheuermeyer hatten einfach nur befolgt, was Lukas angeordnet hatte, und wie man sah, waren sie damit sehr gut gefahren.

Er ist der geborene Chef, dachte Tess. Er hätte die Abteilung sofort übernehmen sollen. Er ist sogar noch besser als die Brück-Dillheimer in ihren besten Zeiten.

Während Lukas die Fragen der einzelnen Journalisten beantwortete, hatte Tess Zeit, ihn ganz genau zu betrachten. Sie sah zwar nur sein Profil, aber auch hier entdeckte sie schon vieles, das ihr in den vergangenen zwei Jahren offenbar entgangen war. Die leicht gebogene, kräftige Nase und das energische Kinn ergaben ein wirklich sehenswertes Gesamtbild. Dazu seine dunklen, kurzgeschnittenen Haare, die lässige Haltung und die wirklich angenehme Stimme. Lukas machte an den richtigen Stellen Pausen und sprach so, daß man ihm auch bei etwas komplizierteren Ausführungen gut folgen konnte. Wahrscheinlich waren die Auftritte mit seiner Band eine gute Übung gewesen.

Tess' Blick blieb an seinen Lippen hängen. Die hatte sie gestern noch auf ihrem eigenen Mund gefühlt ... Ihr wurde wieder schwindelig, als sie daran dachte. Ja, jetzt hatte sie keinen Zweifel mehr: Es hatte zouuuuum!!! gemacht. Und zwar ganz schön heftig.

»Nicht mal schlecht für einen Anfänger«, sagte Rike, als sie alle naßgeschwitzt in ihrem Büro zurück waren. »Ich glaube, das war ein kluger Zug von mir, dich zum Pressesprecher zu machen.«

»Du warst große Klasse, Herr Schweighöfer«, übertrumpfte sie Frau Norgel. »Ganz große Klasse. Und du sahst aus wie der junge Paul Newman. Ich werde heute den ganzen Abend vor dem Fernseher sitzen und gucken, ob sie dich in den Nachrichten bringen.«

»Herr Brück-Dillheimer hat angerufen«, berichtete Frau Scheuermeyer. »Die Chefin kommt die Woche nicht mehr. Sie muß strenge Bettruhe einhalten, hat er gesagt. Durch die Aufregung wäre nämlich beinahe das Baby gekommen. Sechs Monate zu früh.«

»Welche Aufregung?« fragte Rike. »Die Brück hat doch gar nichts gemacht. Das hat sie ja alles mir aufgebürdet. Aber für mein erstes Mal als Chefin habe ich mich doch gut geschlagen, oder?«

Tess und Lukas tauschten einen kurzen Blick. Das war typisch Rike: Die anderen machten die Arbeit, und sie kassierte das Lob. Und wenn sie es sich selber erteilen mußte!

Lukas zuckte mit den Schultern und grinste bloß.

Tess legte ihm die Hand auf den Arm.

»Du warst wirklich ganz toll. Auf alle Fragen die richtige Antwort, nie nach Politikermanier nur so dahergelabert, und dabei genau das richtige Maß an Betroffenheit einerseits und Sachlichkeit andererseits«, sagte sie anerkennend.

»Hört sich ekelhaft berechnend an«, erwiderte Lukas. »Ich will nicht einer dieser aalglatten Pressetypen werden.«

»Wirst du schon nicht«, sagte Tess überzeugt und lächelte Lukas an. Dann bemerkte sie Rikes Blick und zog schnell die Hand von Lukas' Arm.

Aber es war zu spät. Rike hatte Blut gerochen. Sie folgte ihr auf die Damentoilette und sagte hämisch: »Ich glaube, jetzt weiß ich, warum du so verliebt aussiehst: Du hast dich in den guten Lukas verguckt.«

O Schreck! Tess fiel die Seife auf den Boden. Rike würde ihr Lukas wegschnappen, bevor sich Tess überhaupt an den Gedanken gewöhnt hatte, daß es zwischen ihnen gefunkt hatte.

Jedenfalls von ihrer Seite, wie gesagt.

Auch wenn Rike andererseits nicht unbedingt Lukas' Liebling war – sie beherrschte offensichtlich Tricks, mit denen ihr jeder Mann ins Netz ging. Tess dachte an die arme Andrea und den Rettungssanitäter namens Archibald Rost und zwang sich, cool zu bleiben.

»Lukas ist schon ein ganz Netter«, sagte sie listig. »Und ich finde, er hat seine Sache wirklich super gemacht. Aber ganz ehrlich: So als Mann finde ich ihn nicht sonderlich attraktiv.«

In Gedanken machte sie drei Kreuzchen hinter ihrem Rücken.

»Er ist einfach zu – lieb«, setzte sie dann hinzu und sah Rike fest in die Augen.

»Das finde ich auch. Er und Archibald haben eine verblüffende Ähnlichkeit«, sagte Rike sofort. »Aber du siehst echt total verliebt aus seit gestern, das sehe ich doch, ich bin doch nicht blöd.«

Nein, das war sie wirklich nicht, aber Tess war auch nicht blöd. Sie lächelte. »Na ja, du hast vielleicht recht. Ich habe mich tatsächlich verliebt. Aber in einen *richtigen* Mann.«

»Und wer ist es?« rief Rike aufgeregt. »Kenne ich ihn etwa?«

»Hm.« Tess setzte ein geheimnisvolles Gesicht auf. »Ich darf nicht darüber reden, weißt du. Er hat es mir strengstens verboten.«

»Warum das denn? Wird er von der Polizei gesucht? Oder ist er verheiratet.«

Tess schüttelte den Kopf. »Nein. Aber er will einfach nicht, daß es alle wissen. Er ist da sehr eigen.« In Erinnerung an das Gespräch, das sie vor einiger Zeit mit Rike geführt hatte, fügte sie hinzu: »Er ist ein richtiger Macho, weißt du.«

»Oh«, seufzte Rike sofort auf. »Ein richtiger Macho also.«

Was, zur Hölle, war eigentlich ein richtiger Macho? überlegte Tess. Einer, der permanent frauenfeindliche Witze von sich gab? Die beste Frau ist die, die sich nach dem Sex in eine ofenfrische Pizza verwandelt, hahaha. Oder einer, der samstags abends vor der Glotze hing und nie den Müll raustrug?

»Wenn er herausfindet, daß ich darüber quatsche, dann wird er stinkwütend. Ihm ist schon mal die Hand ausgerutscht«, tastete sich Tess auf diesem schlüpfrigen Gelände vorwärts.

»Tatsächlich? Er hat dich geschlagen?« flüsterte Rike verzückt.

Tess nickte. Mein Gott, die hatte ja wirklich einen an der Waffel. Als ob sie, Tess, sich von einem Mann schlagen ließ! So einer hätte doch sofort einen Absatz in den Weichteilen! Aber Rike schien es ganz in Ordnung zu finden, wenn ein Mann ab und zu mal zuschlug.

»Natürlich nur, wenn er richtig wütend ist«, erläuterte sie ihre abartige Theorie. »Und natürlich sollte er einem nicht gleich ein blaues Auge verpassen. Aber fest steht: Wir Frauen brauchen eben manchmal Grenzen. Und dann sollte ein Mann noch ein richtiger Mann sein dürfen, um uns an unseren Platz zu verweisen. Das ist genetisch festgelegt, da gibt es massenhaft Untersuchungen drüber.«

Puh! Rike war wirklich reif für eine Talk-Show mit dem Titel, ›Ich bin total Banane‹. Ein richtiger Mann war demnach einer, der seine Frau schlug? Und eine richtige Frau war eine, die das gut fand?

Pfui Teufel! Aber egal, jetzt war nicht der Zeitpunkt, für die Gleichberechtigung der Frau einzutreten.

»Genau das sagt er auch immer«, erklärte Tess, wobei sie das Wort ›er‹ betonte. »Ansonsten ist er natürlich reizend. Er behandelt mich wie seine kleine Prinzessin.«

»Oh, Tess, du hast es wirklich gut. Es ist einer aus der Firma, habe ich recht?«

»Ja, aber du darfst es keinem weitersagen«, verlangte Tess.

»Bitte, bitte, sag mir wenigstens seinen Vornamen.«

»Das geht nicht.«

»Bitte, bitte!« bettelte Rike mit ihrer albernen Kleinmädchenstimme.

Tess schüttelte den Kopf. Rike sollte ruhig ein wenig zappeln. Hauptsache, sie war von Lukas abgelenkt.

6.

Macho verzweifelt gesucht!

Nachdem Tess Rike erfolgreich auf die falsche Fährte gesetzt hatte, wagte sie es, ein Zusammentreffen mit Lukas zu arrangieren. Sie verstand es, ihre Arbeit so geschickt einzuteilen, daß sie zeitgleich mit Lukas das Haus verlassen konnte.

Wenn sie gemeinsam im Aufzug stünden, hatte sich Tess überlegt, wäre das eine äußerst passende Gelegenheit, um noch einmal auf gestern zurückzukommen.

Und siehe da, sie hatte Glück: Der Fahrstuhl war leer. Vielleicht würde er ja auch noch einmal stehenbleiben. Die große Wartung, hatte der Pförtner doch gesagt, sollte erst nächste Woche stattfinden. Sie drückte die E-wie-Erdgeschoss-Taste, strich sich die roten Locken hinters Ohr und lächelte Lukas an.

Dummerweise quetschte sich Rike aber in allerletzter Sekunde zu ihnen in den Lift.

Sie kann nicht mal Zeit gehabt haben, den Computer auszuschalten, dachte Tess säuerlich.

»Das war ja ein Tag«, stöhnte Rike. »Ich bin total fertig. Chefin zu sein schlaucht ungemein.«

Tess und Lukas blieben stumm. Rike erriet, was sie mit ihrem Schweigen sagen wollten, und betrachtete sie griesgrämig.

»Ja, das ist tatsächlich so«, sagte sie gereizt. »Aber das könnt ihr gar nicht nachvollziehen. Ihr wart ja noch nie Chef, oder? Plötzlich hat man eine Wahnsinnsverantwortung.«

»Also echt, Rike, du spinnst ja«, konnte sich Tess nicht verkneifen zu widersprechen. »Du hast doch kaum was gemacht. Lukas hat das alles für uns geregelt. Ohne den wärst du doch aufgeschmissen gewesen.«

Rike bedachte sie mit ärgerlichen Blicken. »Höre ich da etwa Neid heraus? Daß ich jetzt das Sagen habe und nicht du?«

»Wohl kaum«, gab Tess zurück. »Das weißt du auch ganz genau.«

Rike kicherte plötzlich. »Ach ja, ich habe total vergessen, daß du auf Wolke sieben schwebst und dich überhaupt nicht für die Arbeit interessierst. Wie konnte ich nur?«

Tess lief rot an, und zwar bis über beide Ohren. Sie schaute verlegen zu Boden.

»Lukas, kennst du den schönen Unbekannten, mit dem Tess seit neuestem liiert ist?« fragte Rike. Ihre schlechte Laune war offenbar verflogen.

Lukas warf einen Blick auf die tief errötete Tess und schüttelte nur den Kopf.

»Tess ist schwer verliebt.«

»Seit wann das denn, Tess?« erkundigte sich Lukas.

»Ähm«, murmelte Tess. Am liebsten wäre sie im Fahrstuhlschacht versunken. Glücklicherweise öffneten sich in diesem Augenblick Türen, und sie konnte aussteigen.

Rike war aber noch nicht fertig.

»Hat sie dir noch nicht von ihm erzählt?« fuhr sie fort, Lukas zu löchern. »Er muß ein echter Macho sein, wenn man sie so reden hört. Er hat ihr verboten, jemandem seinen Namen zu verraten. Aber er arbeitet hier in der Firma, soviel habe ich schon rausgefunden.«

Tess schob sich stumm und wütend durch die Drehtür nach draußen in den ungemütlichen Juniregen.

»Ach, jetzt rede ich wieder zuviel«, meinte Rike lachend, als sie ihre finstere Miene sah. »Aber ich dachte, du und Lukas, ihr seid so vertraut miteinander, daß ihr keine Geheimnisse voreinander habt.«

»Dachte ich eigentlich auch«, murmelte Lukas.

Tess versuchte, in seinem Gesicht zu lesen, was er dachte. Das Gesicht sah jedoch aus wie immer. Mit halbem Lächeln fragte er: »Ein geheimnisvoller Liebhaber, Tess?«

»Ähm«, sagte Tess wieder. »Tja.«

»Er hat sie schon mal geschlagen«, erging sich Rike weiter in Indiskretion. »Stell dir das mal vor.«

»Was?« Lukas faßte es offenbar nicht. »Was ist denn das für ein kranker Typ?«

»Das verstehst du nicht«, erklärte Rike. »Wir Frauen mögen es im Grunde, wenn man uns sagt, wo es langgeht. Und wenn einem Mann mal die Hand ausrutscht, dann ist das ein Zeichen für wahre Gefühle. Leidenschaft. Eifersucht. Ungezügeltes Temperament. *Das* ist sexy, und nicht diese brave Biedermann-Nummer, die heutzutage jeder Mann abzieht. Alles Softies, die Typen. Weinen beim Untergang der Titanic Rotz und Wasser und sagen einem ständig, daß sie ihre Mutter liebhaben. Da steht doch keine Frau drauf.«

Rike kicherte wieder albern. »Das ist nur so ein kleiner Tip für dich, Lukas, wenn du das nächste Mal dein Glück bei den Frauen versuchst.«

Lukas schaute Tess an, die unter seinen Blicken noch mehr errötete. »Im Ernst, Tess? Hast du einen Neuen? Warum hast du mir nichts davon gesagt?«

Tess starb tausend Tode. »Weil ich ...«

Weil ich ihn gerade erst erfunden habe, verdammt noch mal, dachte sie im stillen.

»Weil sie nicht durfte«, sprang Rike für sie ein. »Er hat es ihr verboten. Er wird schon seine Gründe haben.«

Lukas runzelte die Stirn.

»Ist er etwa verheiratet?« fragte er verächtlich.

»Nein!« rief Tess aus. »Und jetzt hört auf damit. Das ist ja zu blöde!«

Rike stieß Lukas in die Rippen. »Siehst du, sie will nicht darüber reden. Lassen wir sie. Wir kriegen es schon noch heraus. So viele tolle Typen gibt es ja bei Niessing nun auch wieder nicht. Tess, sag uns nur, ob er älter ist als vierzig oder ob wir den Personenkreis etwas einschränken können.«

Tess kniff die Lippen zusammen. Diese Rike war wirklich unerträglich. Was mußte Lukas jetzt von ihr denken? Nichts Gutes vermutlich. Er sah sie nämlich ungefähr so an, wie man eine Made im Frühstücksmüsli betrachtete. Kein Wunder!

»Wir müssen mal wieder ein Glas Wein zusammen trinken gehen«, schlug sie hastig vor, bevor er wieder zu seiner Straßenbahn laufen konnte. »Dann erzähle ich dir alles.«

»Ach weißt du«, erwiderte Lukas langsam. »Ich fürchte, in nächster Zeit geht es nicht. Ich habe keinen Abend mehr frei. Und so brennend interessiert mich dein Liebesleben nun auch wieder nicht.«

Nicht? Auch nicht, wenn du darin die Hauptrolle spielst, du Idiot? Tess biß sich auf die Lippen. Verdammte Rike, ihretwegen glaubte Lukas jetzt, sie habe einen geheimen Liebhaber, von dem sie sich zu allem Überfluß mit Wonne schlagen ließ.

Wie unendlich peinlich.

Lukas schenkte ihnen ein – wie sie fand – gleichgültiges Lächeln und marschierte zu seiner Straßenbahn.

Rike und sie schlenderten stumm nebeneinander Rikes Wohnung zu.

»Bist du böse?« brach Rike nach ein paar Minuten das Schweigen mit ihrer Kleinmädchenstimme, die sie immer dann einsetzte, wenn sie eigentlich ein schlechtes Gewissen haben sollte.

»Ja«, knurrte Tess. »Ich hatte dir doch gesagt, daß das alles geheim ist.«

»Nicht mal Lukas darf davon wissen?« fragte Rike unschuldig. »Das konnte ich doch nicht wissen.«

»Geheim ist geheim«, widersprach Tess. »Und du bist eine alte Klatschbase.«

»Tut mit leid, Tessilein«, sage Rike. »Ehrlich. Ich würde nur gerne wissen, wer der Kerl ist. Wann triffst du ihn denn immer? Und warum habe ich nie etwas davon gemerkt?«

Gute Frage.

»Na ja, wir treffen uns in der Firma an verabredeten Orten«, log Tess. »Mal am Kopierer, mal in der Kantine, mal im – ähm – Aufzug. Und manchmal abends. In seiner Wohnung.«

»Aha.« Rike dachte nun hoffentlich, daß Tess sich in den vergangenen Wochen mit dem unbekannten Liebhaber getroffen hatte, wenn sie in Wirklichkeit ihre Mutter besucht hatte oder mit Verena unterwegs gewesen war.

»Wie ist er denn im Bett?« wollte Rike wissen.

Tess seufzte schwer. Das war ja wirklich allmählich lächerlich. Aber wer A sagt, muß auch B sagen.

»Im Bett?« wiederholte sie. »Ehrlich gesagt, weiß ich das nicht. Wir hatten schon überall Sex, aber noch nie im Bett.«

»Oho«, witterte Rike sensationslüstern. »Wo denn überall?«

»Rike, das geht jetzt aber zu weit. Es gibt Dinge, über die redet man nicht.«

»Ich will auch ein aufregendes Liebesleben«, klagte Rike. »Einen Mann, der mich auf dem Küchenfußboden liebt ... oder auf den Sitzen seines Sportwagens ...«

»Oder auf dem Kopierer.« Tess bemühte sich um ein genießerisches Lächeln. »In sexueller Hinsicht habe ich wirklich keinen Grund zur Klage.«

»Du hast es gut«, sagte Rike blaß vor Neid.

»Ich will auch so einen Mann«, quäkte sie wie ein kleines Kind. »Wieso hast du einen und ich nicht? Das ist nicht gerecht.«

»Tja«, sagte Tess und zuckte mit den Schultern. »Vielleicht warst du in letzter Zeit nicht brav genug?«

Rike hörte ihr gar nicht zu. »Wo kann ich denn so schnell einen Macho auftreiben, kannst du mir das mal sagen?«

Tess hatte keinen blassen Schimmer. Ihrer Ansicht nach war diese Spezies längst ausgestorben. Und das war auch gut so.

»Vielleicht sollte ich eine Anzeige aufgeben«, überlegte Rike laut. »Ich habe nämlich absolut keine Lust, als alte Jungfer zu enden. Das Single-Dasein hängt mir zum Hals heraus, damit du's weißt.«

In dieser Nacht schlief Tess schon wieder nicht. Sie mußte ununterbrochen an Lukas denken und an sein kühles Lächeln, als er sich verabschiedet hatte.

Jetzt hatte sie sich gerade mal eingestanden, daß es zouuuum! gemacht hatte, und schon gab es Komplikationen.

Den ganzen Abend hatte sie vor Rikes Fernseher gehockt und immer wieder Lukas' Gesicht über den Bildschirm flimmern sehen. Die Pressekonferenz wurde auszugsweise auf allen Kanälen gesendet. Oh, und Lukas war wirklich telegen. Er sah ja so süß aus! Am liebsten hätte Tess auf Standbild geschaltet und ihn sich in aller Ruhe betrachtet. Aber dann wäre natürlich Rike aufmerksam geworden, die sich nur deshalb vor dem Fernseher aufhielt, um einen Blick auf sich selber zu erhaschen. Tatsächlich war in mehreren Einstellungen ein Stück von ihr zu sehen. Einmal ein Ellbogen und ein anderes Mal ein Stück von Rikes Schulter, was sie jedesmal mit begeisterten Schreien quittierte.

Tess wälzte sich unruhig auf die andere Seite. Es war schon halb drei, und sie hatte noch kein Auge zugetan. Sie würde schrecklich aussehen, morgen auf der Arbeit. Ausgerechnet.

Da hatte sie sich ganz schön was eingebrockt, mit ihrem erfundenen Macho. Es war dazu gedacht gewesen, Rike von Lukas abzulenken, und nicht nur dazu,

Lukas von Tess abzubringen. Und doch war es zugegebenermaßen ziemlich abschreckend, wenn die Frau, die man im Aufzug geküßt hatte, bereits an einen brutalen Schläger vergeben war, grübelte Tess.

Auf der anderen Seite: Schließlich war Lukas es gewesen, der als erster von einer ›Kurzschlußreaktion‹ gesprochen hatte. Kein einziges Wort von Liebe. Kein Wort von einer unwiderstehlichen Anziehungskraft, die ihn dazu gebracht hätte, sie zu küssen.

Selber schuld.

Für ihn war das bloß eine Art harmloses Naturereignis gewesen. Eine Sonderfallaktion. Er hatte so getan, als wäre ihr wunderbarer, verwirrender, chaotischer, phantastischer, herrlicher, wohlschmeckender Kuß gar nichts Besonderes gewesen.

Eben nichts weiter als ein Kuß.

Tess setzte sich auf und fuhr sich mit der Hand durch die Locken. Konnten denn zwei Menschen einen solchen Augenblick auf so unterschiedliche Art und Weise erleben? Das war doch wirklich zum Haareraufen. Sie ließ sich wieder in die Kissen sinken. Warum mußte ihr ausgerechnet jetzt dieser Song aus ›Casablanca‹ durch den Kopf spuken?

»You must remember this
a kiss is still a kiss
a sigh ist just a sigh
the fundamental things apply
as time goes by.«

A kiss is still a kiss, Lukas, jawohl, und a sigh is just a sigh – was immer das heißen mochte.

Wütend drehte sich Tess wieder auf die andere Seite und versuchte, sich doch noch eine Mütze Schlaf zu holen. Im Traum sah sie sich selber mit einem narbigen Mann in ein Flugzeug steigen. Der narbige Mann zerrte sie unsanft am Arm und knurrte dabei immer: »Wer nicht hören will, muß fühlen!« Rike und Lukas standen in Trenchcoats und Humphrey-Bogart-Hüten am Rande der Landebahn und hielten Händchen.

Am nächsten Morgen fühlte sich Tess wie gerädert. Nur einer Wechseldusche und jeder Menge Vitamin-C-Tabletten hatte sie es zu verdanken, daß sie es überhaupt bis in die Firma schaffte.

Hier erwarteten sie schon wieder neue Hiobsbotschaften: Frau Brück-Dillheimers Arzt hatte ein Attest geschickt, in welchem stand, daß die Ärmste aller Voraussicht nach bis zum Beginn des regulären Mutterschutzes nicht mehr ihrer Arbeit nachkommen könne. Das bedeutete, Rike konnte sich ab sofort ungeniert als Chefin aufspielen und würde vermutlich noch weniger arbeiten als bisher.

Tess warf Lukas einen vielsagenden Blick zu, aber Lukas tat so, als habe er ihn nicht bemerkt. Er war überhaupt äußerst kühl, wie Tess fand. Nicht unfreundlich, aber kühl. Es war plötzlich, als säße ihr ein Fremder gegenüber. Fast konnte man meinen, sie habe die Sache im Aufzug nur geträumt.

Frau Scheuermeyer und Frau Norgel waren wegen Lukas' Fernsehauftritt noch völlig aus dem Häuschen. Alle ihre Bekannten hätten Lukas gesehen, beteuerten sie, und alle hätten ihn geradezu umwerfend gefunden. Ob Lukas nicht so nett sein könnte, für Frau Norgels Nichte Nele ein Autogramm zu geben? Lukas verwahrte sich mit beiden Händen dagegen, aber Frau Norgel und Frau Scheuermeyer ließen nicht locker, bis er mehrere Blankozettel unterschrieben hatte.

»Ich verwahre meinen«, sagte Frau Scheuermeyer feierlich. »Man weiß ja nie, ob du nicht noch mal so richtig berühmt wirst, Herr Schweighöfer. Vielleicht spielst du ja eines Tages bei *Gute Zeiten, Schlechte Zeiten* mit.«

»Man weiß ja nie«, bestätigte Lukas. »Wenn die Zeiten wirklich schlecht werden …«

Herr Werner vom Personalbüro kam höchstpersönlich in die Abteilung, um die Lage mit den drei Referenten zu besprechen. Er schien nicht besonders gut gelaunt zu sein.

»Nun, jetzt springen Sie noch früher ins kalte Wasser, als wir gedacht hatten«, sagte er unwirsch. »Ich kann Ihnen gar nicht sagen, wie sehr ich diese Risikoschwangerschaften liebe! Aber da müssen wir jetzt durch. Punkt eins: Wer zeichnet verantwortlich für die Presseerklärung, die gestern verteilt wurde?

Die Frage wurde in so unfreundlichem Tonfall gestellt, daß Rike erschrak. Sicher hatte sich dort irgendein dicker Fauxpas eingeschlichen, für den es jetzt einen Anschiß gab. Offiziell trug Rike als provisorische Leiterin natürlich die Verantwortung dafür, aber es war Lukas gewesen, der hier den Laden gestern praktisch allein geschmissen hatte. Sie alle hatten lediglich getan, was er wollte.

Wieso sollte sie, Rike, jetzt dafür büßen?

Sie streckte ihren Finger aus und zeigte auf Lukas.

»Das war er. Ehre, wem Ehre gebührt.«

»Dachte ich's mir doch«, knurrte Herr Werner, und seine Miene hellte sich etwas auf. »Mein Kompliment!

Das haben Sie großartig gemacht. Auch die Pressekonferenz haben Sie alle glänzend gemeistert. Ich soll speziell Herrn Schweighöfer ein ganz dickes Lob von der Geschäftsleitung aussprechen.

Tess seufzte erleichtert, Lukas lächelte leicht, nur Rike zog einen kleinen Flunsch.

»Wir haben alle unser Bestes getan«, beeilte sie sich zu sagen. »Wir haben Herrn Schweighöfer nur den Vortritt gelassen.«

»Daran haben Sie auch gutgetan«, sagte Herr Werner. »Und damit wäre ich auch schon bei Punkt zwei. Frau Falk, ich weiß, daß wir Ihnen die Schwangerschaftsvertretung angetragen hatten, aber mir wurde von höchster Stelle empfohlen, diese Aufgabe doch lieber unserem Herrn Schweighöfer zu übertragen. Auch Frau Brück-Dillheimer, mit der ich heute morgen sprach und die Sie im übrigen alle herzlich grüßen läßt, ist dieser Ansicht. Was meinen Sie, Frau Falk, können Sie mit dieser Lösung leben?«

»Äh, was, äh, wie? Ja, natürlich kann ich damit leben«, stotterte Rike völlig verblüfft.

»Und Sie, Frau Simon?« wandte sich Werner an Tess.

»Ich auch«, erklärte Tess freudestrahlend. Na, das war doch mal eine erfreuliche Wendung. Rike wäre eine grauenhafte Chefin geworden, da war sie sich ganz sicher.

Rike nahm ihren Karriereknick jedoch erstaunlich leicht. Solange es nicht Tess war, die ihr etwas voraus hatte, konnte sie damit leben, eine gewöhnliche Referentin zu bleiben. Insgeheim war sie sogar etwas erleichtert, daß dieser Kelch an ihr vorübergegangen war. Gestern hatte sie ja auch gemerkt, daß Chefin zu sein gar nicht so einfach war. Sie mochte Lukas zwar nicht besonders, aber diese Arbeit war ihm zu gönnen.

»Ich wollte den Job sowieso nicht«, sagte sie zu Tess, als Herr Werner gegangen war. »Wo er doch so gemein zu dir war. Wahrscheinlich hatte er von Anfang an vor, Lukas die Leitung zu übertragen. Frauenfeindlich wie der Werner nun mal ist.«

»Hm«, machte Tess nur und dachte, daß Lukas am Ende mit seinen ganzen Behauptungen recht gehabt hatte. Und an dieser Entscheidung von ›höchster Stelle‹ war er sicher auch nicht ganz unschuldig.

Rikes kurzlebiger Auftritt als Abteilungsleiterin inspirierte aber immerhin den abartigen Alois zu einem seiner perversen Anrufe.

»Jetzt bist du also eine richtige Karrierefrau, Frederike«, raunte er. »Aber bei mir wird dir das wenig nützen. Bei mir bist du nichts weiter als ein schwaches Weib. Ich werde dir deine Chefgarderobe vom Leib reißen, dich mit Handschellen an einen kalten, glatten Heizkörper fesseln und deinen ganzen Körper mit Pudding einreiben …«

»Dem fällt auch nie was Neues ein«, sagte Tess gähnend und sah schnell zu ihrem frischgebackenen Chef hinüber. »Kommst du mit mir in die Kantine?«

Lukas schüttelte den Kopf. »Ich habe was in der Stadt zu erledigen«, sagte er kühl.

»Verstehe«, seufzte Tess. In Wirklichkeit verstand sie überhaupt nichts. Was war denn los mit Lukas? Wollte er um jeden Preis vermeiden, daß sie über den Kuß im Lift sprachen? Und wenn, warum? Vielleicht war es ihm im nachhinein nur noch peinlich, und mit seinem kühlen Verhalten wollte er Tess signalisieren, daß das alles keine Bedeutung gehabt hatte.

Was war schon ein Kuß?

A kiss is still a kiss …

Für mich hatte es aber eine Bedeutung, dachte Tess trotzig und schaute Lukas durchbohrend an. Er tat, als merke er es nicht.

Hinterherlaufen werde ich dir aber auch nicht, dachte Tess gekränkt. Man hat ja schließlich noch seinen Stolz.

»Triffst du dich heute mit deinem Macho namens …«?

Rike ließ die Frage unvollendet, in der Hoffnung, Tess würde automatisch den richtigen Namen einsetzen. Aber da der Macho ja keinen Namen hatte, funktionierte der Trick nicht.

»Nein«, sagte Tess schlechtgelaunt. Sie war soeben bei ihrer Wohnung vorbeigegangen, um dort nach dem Rechten zu sehen. Dabei hatte sie festgestellt, daß sich noch nicht allzuviel getan hatte. Der Parkettboden war zwar abgeschliffen und neu versiegelt worden, und auch das Badezimmer sah nach der Spezialreinigung wieder aus wie vorher, aber es war noch in keinem Raum tapeziert, und auch die Küche sah immer noch aus wie das Epizentrum eines Erdbebens der Stärke sieben auf der beliebten Richterskala.

Selbst wenn die Versicherung den Handwerkern jetzt Dampf unter dem Hintern machte, dauerte es immer noch mehrere Wochen, bis Tess wieder einziehen konnte. Dieser Tatbestand und die Erkenntnis, daß sie noch so lange bei Rike verbleiben mußte, hatten nicht gerade dazu beigetragen, Tess' ohnehin schlechte Laune zu heben.

»Heute gehe ich nirgendwohin«, sagte sie.

»Fein«, jubelte Rike und hängte sich vertraulich bei ihr ein. »Ich brauche nämlich deine Hilfe.«

»Wobei denn?«

»Ich möchte einen Macho kennenlernen«, eröffnete ihr Rike. »Ich dachte, daß du mir dabei helfen könntest, die verkappten Muttersöhnchen von den echten Machos zu unterscheiden. Schau, ich habe mir eine Liste von Orten gemacht, an denen man vermutlich noch am ehesten auf Machos trifft: in diversen Kneipen, bei Sportveranstaltungen ...«

»Ach was«, unterbrach sie Tess. »Da triffst du nur solche Typen wie meinen Max. Faul, flegelhaft und ohne Manieren, aber im Grunde das totale Weichei.«

»Auch beim Boxen?« fragte Rike.

»Beim Boxen triffst du nur Frauen«, meinte Tess. »Die stehen nämlich alle auf die starken Kerle, die sich im Ring die Nase blutig hauen.«

»Ja«, seufzte Rike. »Aber die Boxer selber sind ja leider meistens schon vergeben. Wo sonst halten sich denn Machos auf?«

In billigen Sexshops, auf dem Hundetrainingsplatz und im Knast, dachte Tess.

Laut sagte sie: »Keine Ahnung.«

»Was macht denn dein ...? in seiner Freizeit?«

»Er ist mehr der intellektuelle Macho. Ein Workaholic«, dachte sich Tess spontan aus. »Aber in seiner Freizeit fährt er Porsche – einen schwarzen mit Ledersitzen – und spielt Squash.«

»Porsche«, seufzte Rike. »Oh, Mann, du hast es gut! So einen tollen Macho mit Porsche werde ich sicher nirgendwo finden. Wahrscheinlich gibt es davon nur ganz wenige Exemplare.«

»Höchstwahrscheinlich«, sagte Tess und gähnte. »Ich gehe heute früh ins Bett, wenn du nichts dagegen hast. Abendessen möchte ich auch keines.«

»Aber Tess, ich dachte, wir gehen noch in ein paar Kneipen und schauen uns die Männer dort an. Ob einer für mich darunter ist, du weißt schon.«

»Tut mit leid Rike, ich bin einfach hundemüde und habe keine Lust auf verrauchte Kneipenluft. Außerdem kann ich dir wohl kaum dabei helfen, einen Kerl abzuschleppen.«

»Du bist gemein«, maulte Rike. »Total egoistisch bist du. Nur weil du deinen Traummann schon gefunden hast, legst du dich jetzt auf die faule Haut. Und was ist mit mir? Soll ich etwa leer ausgehen und für immer solo bleiben? Jetzt, wo ich nicht mal Karriere machen kann!«

Tess hätte ihr am liebsten eine gescheuert. Aber sie entschloß sich, diplomatisch zu bleiben.

»Machos lernt man ohnehin besser kennen, wenn man allein unterwegs ist«, behauptete sie. »Bei zwei Frauen vermuten die immer gleich ein Liebespärchen. Wenn du dir einen Macho angeln willst, mußt du dich in einen Minirock werfen und Schuhe mit hohen Absätzen tragen und dich immer auf einen Drink an der Bar einladen lassen.«

»Versuchen kann ich es ja mal«, sagte Rike. »Aber es muß schon einer mit Porsche sein, drunter tu ich's nicht.«

Als Rike am Abend aus der Wohnung stöckelte, dachte Tess, daß sie es eigentlich nicht verantworten konnte, Rike in diesem Aufzug allein auf das Kölner Nachtleben loszulassen. Die Wahrscheinlichkeit, daß sie einem bösen Bruder des abartigen Alois in die Finger fallen würde, war ziemlich groß.

Und wenn schon, dachte Tess bockig. Ist ja nicht meine Schuld.

Als sie sich später in Rikes Gästebett zusammenkuschelte, überkam sie allerdings ein schlechtes Gewissen. Rike mochte eine hinterhältige, rücksichtslose und sogar intrigante Person sein, aber deshalb durfte man ihr doch nichts Schlechtes wünschen. Ihretwegen war sie jetzt da draußen unterwegs in einem Minirock, der gerade noch als Pomanschette durchging, auf der Suche nach einem bescheuerten Macho im Porsche. Hätte sie bloß niemals diesen albernen Typen erfunden! Dabei war das ursprünglich nur als Ablenkungsmanöver gedacht gewesen, damit Rike nicht auf die Idee kam, sich Lukas zu schnappen. Bei ihrem genialen Plan hatte sie leider nicht bedacht, daß Rike – gesetzt den Fall, sie fände tatsächlich ihren Macho – diesen sofort wieder zum Teufel jagen würde, wenn sie herausfände, daß Tess eigentlich an Lukas interessiert war.

Tess seufzte. Was Rike brauchte, war eine groteske Übertreibung eines Machos. Am besten ein Scheich, der sie in seinem Harem einsperren und damit ihrer Umwelt für immer ersparen würde.

Vielleicht irrte ja ausgerechnet heute nacht so ein Scheich durch die Kölner Kneipen, und vielleicht fuhr er sogar Porsche, dachte Tess hoffnungsvoll, um dann gleich wieder einen Anfall ihres schlechten Gewissens abzuwehren. Schuldbewußt zwang sie sich, zu hoffen, daß Rike unversehrt wieder nach Hause kam.

Und so war es dann auch: Rike kam um drei Uhr nachts wohlbehalten und bei bester Gesundheit zurück.

Tess war gerade erst in einen unruhigen Schlaf gefallen (sie dachte immer noch über das Lukas-Kuß-Phänomen und die ärgerliche Tatsache nach, daß Lukas jetzt glaubte, sie habe ein Verhältnis mit einem unterbelichteten Frauenhasser), als Rike das Licht anknipste und sich auf Tess' Bettdecke plumpsen ließ.

»Au!« Müde ins Licht blinzelnd, erkannte Tess, daß Rike nicht einmal eine ihrer achtfach getuschten Wimpern gekrümmt worden war.

Allerdings hatte sie auch keinen Macho kennengelernt, wie sie sich beklagte, wiewohl mehrere Männer, die behauptet hatten, einen Porsche zu besitzen.

»Könntest du mit dem Erzählen nicht bis morgen warten?« fragte Tess gähnend. »Außerdem sitzt du auf meiner Kniescheibe.«

Aber Rike dachte nicht daran.

»Alles Lügner«, schnaubte sie. »Der eine nahm mich mit zu seinem Parkplatz und schloß einen Ford Escort auf. Das ist aber doch kein Porsche, sagte ich, und er sagte, nein, der Porsche stünde zu Hause in seiner Garage. Haha, wer's glaubt. Die lügen wie gedruckt, wenn's um ihr Image geht.«

»Rike, es ist drei Uhr morgens, ich bin hundemüde.«

»Heute ist Samstag, da kannst du ausschlafen«, sagte Rike erbarmungslos. »Stell dir mal vor: Der eine fuhr einen uralten Golf und meinte, der habe allemal eine bessere Qualität als ein Porsche. Und ein dritter ...«

Tess schloß die Augen und dämmerte vor sich hin. Rike rüttelte an ihrem Arm.

»Du mußt mir helfen, eine Anzeige aufzugeben. Das wäre doch gelacht, wenn sich in der ganzen Stadt kein einziger Macho mit Porsche fände. Ich hole mal einen Zettel, und du sagst mir, was ich schreiben soll.«

»Ich bin müde«, jammerte Tess. »Ich brauche endlich etwas Schlaf.«

»Du bist total egoistisch«, schimpfte Rike.

»Ich?« Tess setzte sich auf. »Hast du jetzt vollkommen einen an der Waffel?«

»Ist doch wahr. Dauernd dreht sich alles um dich. Tess hier, Tess da, und jetzt habe *ich* mal ein Problem, und du beschwerst dich, daß du deinen Schönheitsschlaf brauchst.«

»Wann, bitte, hatte ich denn ein Problem, das *dich* am Schlafen gehindert hat?« rief Tess aus.

»Na ja, die ganze Zeit hast du mir von Max vorgejammert, und dann von deinem tollen Porschemann vorgeschwärmt, und ich habe geduldig zugehört.«

»Du bist doch völlig plemplem«, sagte Tess. »Du hast mir permanent was aus der Nase gezogen, sonst hätte ich gar nicht darüber geredet.«

Rike machte ein tödlich beleidigtes Gesicht. »Hast du ganz vergessen, daß ich diejenige war, die dir selbstlos ein Dach über dem Kopf angeboten hat, als du abgebrannt warst?«

»Du hast mich darum gebeten!« sagte Tess empört.

»Weil du mir so leid tatest. Ich habe sogar meinen Freund rausgeschmissen, den armen Archibald, hast du das auch vergessen? Ist es da jetzt zuviel verlangt, daß du dich einmal ausnahmsweise um *meine* Probleme kümmerst?«

Tess kniff zornig die Augen zusammen. »Ja, das ist entschieden zuviel verlangt. Morgen packe ich meine Sachen und bin hier raus, da kannst du dich aber drauf verlassen. Du bis wirklich die egozentrischste Person, die mir je begegnet ist.«

Ihr Ausbruch verblüffte Rike.

»Wo willst du denn hin?« fragte sie etwas sanfter. »Deine Wohnung ist doch frühestens in einem Monat wieder beziehbar.«

Das stimmte natürlich. Leider.

Aber ich kann immer noch zu meiner Mutter, dachte Tess. Das ist allemal besser, als bei dieser Psychopathin zu hausen.

Rike deutete ihr Schweigen falsch.

»Siehst du!« rief sie triumphierend. »Du brauchst mich. Und deshalb ist es nur recht und billig, wenn du mir jetzt bei dieser Anzeige hilfst. Wie findest du als Überschrift: Macho verzweifelt gesucht?«

»Ich brauche dich nicht«, sagte Tess. »Ganz und gar nicht.« Sie schwang die Beine über die Bettkante und stand auf. »Ich kann genausogut jetzt meine Sachen packen und verschwinden.

»Und wo willst du hin, so mitten in der Nacht?«

»Zu – *ihm*«, stieß Tess hervor.

Das gab Rike den Rest. »Und *du* sagst, du bist nicht egoistisch? Du hast mich doch nur benutzt! Wie ein Hotel, in dem man ein- und ausziehen kann, wann man will.«

»Ich habe für einen Monat die Hälfte deiner Miete bezahlt«, sagte Tess, während sie ihre wenigen Klamotten zusammensuchte. »Und ich wohne gerade mal zweieinhalb Wochen hier. Aber du kannst den Rest behalten, alter Geizkragen.«

»Meine Freunde sagen mir immer wieder, ich sei zu großzügig und zu leichtgläubig«, sagte Rike bitter. »Aber ich werde ja einfach nicht schlau. Immer wieder falle ich auf solche Parasiten wie dich herein.«

»Welche Freunde?« höhnte Tess. »Ich gehe jede Wette ein, daß du nicht einen einzigen Freund hast. Und das wundert mich auch gar nicht.«

»Dich habe ich für meine Freundin gehalten«, sagte Rike. »Aber du hast nichts weiter getan, als mich psychisch auszusaugen und mir ständig unter die Nase zu reiben, was für eine tolle Frau du doch bist, mit deinen tollen Klamotten, deiner tollen Karriere und deinem tollen Macho.«

Tess musterte sie kalt. »Meine tollen Klamotten hast du dir doch auch immer sofort zugelegt, und meine tolle Karriere hast du im Keim erstickt. Meinst du, ich weiß nicht, daß du zum alten Werner gerannt bist und ihm irgendwelche Lügen über mich erzählt hast.?«

»Blödsinn! Er findet mich einfach besser als dich, und das kannst du nicht vertragen! Genausowenig wie die Tatsache, daß ich viel besser aussehe als du. Die Klamotten stehen mir viel besser als dir, das wird dir jeder bestätigen.«

»Du bist eine hoffnungslose Nachäfferin«, sagte Tess beißend.

»Meinst du, die Klamotten, die du dir kaufst, sind nur für dich bestimmt? Du bist doch nicht Caroline von Monaco.«

»Du hast überhaupt keinen eigenen Geschmack, keinen eigenen Stil, keine eigene Persönlichkeit«, fuhr Tess unbeirrt fort. Das hatte sie Rike schon länger mal sagen wollen, daher ging es ihr wunderbar leicht über die Lippen.

»Du kannst mir nachmachen, was und soviel du willst, aber eine Kopie kann das Original niemals übertreffen, das müßte sogar dir einleuchten.«

»Ach ja?« giftete Rike zurück. »Dann guck mal in den Spiegel, wenn du glaubst, daß du besser aussiehst!«

»Du kannst dir die gleichen Klamotten und mein Parfüm kaufen, du kannst meine Frisur nachahmen, und du kannst mir vielleicht sogar meinen Job wegnehmen«, rief Tess. »Aber eines kannst du nicht haben, und das ist …«

»… dein Typ?« ergänzte Rike.

»Genau«, sagte Tess, denn sie wußte, daß sie damit Rikes empfindlichste Stelle getroffen hatte.

»Ha, den Kerl habe ich dir schneller ausgespannt, als ein Ferkel blinzelt«, schnappte Rike mit böse glitzernden Augen.

Tess fand, daß sie richtig unheimlich aussah. Sie erinnerte sich an das Horrorszenario aus ›Weiblich, ledig, jung sucht …‹, das Lukas neulich erst in diesem Zusammenhang heraufbeschworen hatte. Im Film hatte die böse Psychopathin einen Widersacher aus dem Weg geschafft, indem sie ihm ihre spitzen Absätze ins Auge rammte. Die Absätze von Rikes Schuhen waren ebenfalls nicht von schlechten Eltern …

Tess riß sich zusammen. Sie lief ins Bad, um von dort ihre Habseligkeiten zusammenzusuchen. Weiblich-ledig-jung folgte ihr auf den gefährlichen Absätzen.

»Der Typ ist doch viel zu schade für dich! Ich müßte nur mal mit den Fingern schnippen, und schon hätte er dich vergessen. Aber total.«

»Ach ja? Hast du so deine Schwester den armen Archibald ausgespannt? Mit einem Fingerschnippen? Lachhaft!«

»Archibald war nur einer von vielen«, sagte Rike. »Ich kann jeden Mann haben, den ich will.«

»Oho«, gab sich Tess spöttisch. »Na ja, aber diesen nicht. Wollen wir wetten?«

»Gut«, sagte Rike »Sag mir seinen Namen.«

Tess lachte. Sie war jetzt hellwach. Das war ja wirklich wie im Film hier. Mit diesem leicht irren Blick hätte Rike sofort eine Rolle in jedem Horrorstreifen bekommen. Tess selber sah allerdings auch nicht gerade normal aus, wie sie bei einem Blick in den Badezimmerspiegel feststellte. Sie fuhr sich durch das zerzauste Haar und schaute Rike fest in die flackernden Augen.

»Seinen Namen mußt du schon selber herausfinden.«

»Das werde ich auch«, erwiderte Rike. »Verlaß dich drauf. Und jetzt verschwinde aus meiner Wohnung.«

»Nichts lieber als das!« Tess nahm ihre Jacke von der Garderobe im Flur und öffnete die Tür. Eigentlich hatte sie ja noch ein Taxi rufen wollen, aber Rike sah nicht so aus, als würde sie sie noch an ihr Telefon lassen.

Auch egal.

»Auf Wiedersehen«, sagte sie über die Schulter hinweg.

»Worauf du dich verlassen kannst«, erwiderte Rike und knallte die Tür hinter ihr ins Schloß.

7.

Wer andern eine Grube gräbt …

Es war gar nicht so einfach, nachts um halb vier ein Taxi zu bekommen, zumal Tess (glücklicherweise rechtzeitig) bemerkte, daß sie kaum noch Geld im Portemonnaie hatte. Auf der Suche nach einem Geldautomaten durchstreifte sie die halbe Stadt, um schließlich am Bahnhof zu landen, wohin sie ohnehin hatte fahren wollen. Dort mußte sie feststellen, daß der erste Zug hinaus in die Vorstadt, wo ihre Mutter wohnte, erst in zwei Stunden fuhr, und das schienen die düsteren Gestalten, die hier überall auf den Bänken und in den Nischen herumlungerten, auch zu wissen. Sie beäugten sie abschätzend, als überlegten sie, ob sich ein Überfall lohnen würde.

Tess nahm daher davon Abstand, sich wie geplant Geld aus dem Automaten zu ziehen (man mußte das Unglück ja nicht auch noch provozieren), und beschloß, sich die Zeit lieber vor dem Bahnhof zu vertreiben. Draußen war es zwar auch nicht viel heimeliger, aber immerhin etwas belebter, voll heimkehrender Nachtschwärmer, die nicht unbedingt so aussahen, als trügen sie ein Springmesser in der Tasche spazieren.

Tess war todmüde, und sie fror, und die Zeit schien ebenfalls wie tiefgefroren zu sein – sie verging praktisch überhaupt nicht. Tess bereute es schon zutiefst, den längst fälligen Streit mit Rike nicht wenigstens auf den nächsten Morgen verlegt zu haben. Sie überlegte auch, Verena anzurufen oder sogar ihre Mutter zu bitten, sie doch mit dem Auto holen zu kommen, aber sie verwarf diese Pläne aus zwei Gründen wieder: Erstens war es nicht besonders rücksichtsvoll, jemanden um vier Uhr morgens aus dem Bett zu werfen, nur weil man fror und auf der Straße stand (sie hieß ja nicht Rike), und zweitens war ihre Telefonkarte wieder mal leer und weit und breit kein Münztelefon zu finden. Jedenfalls keines, das nicht von düsteren Gestalten umlagert war.

Für einen Augenblick erwog Tess auch, sich zu Fuß auf den Weg zu Lukas zu machen und ihn um Aufnahme zu bitten. Würde er widerstehen können, wenn sie völlig zerknirscht (›Du hast ja soooo recht wegen Rike!‹) und verfroren vor seiner Tür stünde?

Ja, würde er, dachte sie sofort. Er konnte hart wie Stein sein, wenn er wollte.

Es blieb ihr also nichts anderes übrig, als frierend von einem Bein auf das andere zu treten und zu warten. Neidisch beobachtete sie die Pärchen, die aus der U-Bahn emporkamen oder den Bahnhofsvorplatz überquerten, Arm in Arm, müde, aber zufrieden.

Der eine da sah beinahe aus wie Lukas, dachte Tess. Er hatte die gleiche Art zu gehen und den Kopf zu halten. Das Mädchen in seinem Arm lachte über irgend etwas, was er sagte.

Tess seufzte unwillkürlich, als sie erkannte, daß das Mädchen rote Haare hatte, genau wie sie. Ansonsten hatte sie aber wenig Ähnlichkeit mit ihr, sie war kleiner und rundlicher. Der Mann dagegen sah Lukas wirklich verdammt ähnlich, beim Näherkommen sogar immer ähnlicher. Die Hakennase, die buschigen Augenbrauen, das energische Kinn …

Tess hielt die Luft an. Das *war* Lukas!

Das war *Lukas*!

Keine Frage! Sein Lachen hätte sie unter tausend anderen herausgehört. Tess stand plötzlich kerzengerade. Was zur Hölle hatte Lukas morgens um halb fünf hier auf dem Bahnhofsvorplatz zu suchen? Mit einer anderen im Arm???

Das Pärchen entfernte sich jetzt wieder von ihr Richtung Taxistand. Dort stieg es in ein Taxi ein (beide stiegen hinten ein), das Richtung Norden davonbrauste.

In Lukas' Wohnung, dachte Tess fassungslos. Aufeinmal verging die Zeit wie im Flug. Tess spürte weder die Kälte noch die Müdigkeit. Sie fühlte grenzenlose Wut! Lukas hatte eine Freundin und hatte ihr nichts davon gesagt!

So ein Schwein.

Tess war ehrlich empört und zutiefst gekränkt. Der Kuß im Fahrstuhl lag doch erst ein paar Tage zurück. Wahrscheinlich hatte er das kleine Pummelchen sogar schon vorher gehabt. Natürlich war es sein gutes Recht, sich eine Freundin anzuschaffen, wenn er das wollte, aber dann hatte er sich gefälligst zusammenzunehmen, wenn er mit einer anderen im Fahrstuhl steckenblieb. Von wegen Kurzschlußreaktion!

Am meisten verletzte es Tess, daß seine Freundin rote Haare hatte, genau wie sie. Eine Blondine hätte sie vielleicht noch verschmerzen können, aber daß er sich einen ähnlichen Typ aussuchte wie sie, war einfach zuviel. Ob er sie am Ende wohl auch Pumuckl nannte? Tess blutete das Herz.

Im Gegensatz zu ihrem albernen Macho existierte diese Person tatsächlich. Sie hatte mit eigenen Augen gesehen, wie Lukas seinen Arm um sie gelegt und sie zum Lachen gebracht hatte. Wahrscheinlich knutschten die beiden jetzt im Taxi wie wild herum – eine Vorstellung, die Tess endgültig zum Heulen brachte.

Als um sechs Uhr früh der Zug einfuhr, hatte sie eine triefende Nase und das Gefühl, ihre Augenlider hingen ihr bis auf die Knie herab. Nur das Wissen, bald in ein weiches Bett fallen zu können, gab ihr die Kraft, bis nach Hause durchzuhalten.

Anna Simon staunte nicht schlecht, als ihre Tochter um halb acht bei ihr vor der Tür stand und sie wehleidig annieste. »Ich brauche ein Bett, Mama!«

Tess vergoß am Wochenende so viele Tränen, daß ihre Mutter später meinte, man hätte einen ganzen Gartenteich damit füllen können. Tess heulte, trampelte mit den Füßen und schlug das Kopfkissen windelweich. Ihre Mutter ließ sie gewähren. Sie konnte sich noch gut erinnern, wie weh Liebeskummer tun konnte. (Im übrigen vertrat sie die Ansicht, daß es mit zunehmendem Alter sogar noch schlimmer wurde.)

Zu allem Überfluß hatte sich Tess auf dem Bahnhof offenbar eine üble Sommergrippe eingefangen. Zu ihren sinflutartigen Tränenausbrüchen gesellten sich ein rostiger Husten, dicker Schnupfen und hohes Fieber.

»Gut, daß du zu mir gekommen bist«, meinte Anna Simon. »Wenn man krank ist, ist man bei seiner Mutter doch immer am besten aufgehoben.«

Sie machte Tess Wadenwickel und besorgte ihr diverse Medikamente in der Apotheke. Dabei hörte sie sich geduldig Tess' Geschichten an, die sie abwechselnd traurig oder wütend vortrug.

Montags, als Tess immer noch neununddreißig Grad Fieber hatte, fuhr ihre Mutter sie zum Arzt, der sie prompt für den Rest der Woche krankschrieb. Die Krankmeldung steckte Anna Simon eigenhändig für Tess in einen Umschlag und schickte ihn an das Personalbüro der Firma Niessing, damit auch alles seine Ordnung hatte.

Mit heiserer Stimme rief Tess dann vom Bett aus bei Frau Scheuermeyer an und bat sie, Lukas (ihrem Chef, pfui Teufel!) mitzuteilen, daß sie krank sei und vorerst nicht zur Arbeit kommen könne.

»Ach du armes Häschen, Frau Simon«, rief Frau Scheuermeyer mitleidig. »Das hat doch hoffentlich nichts damit zu tun, daß du bei Frau Falk aus der Wohnung geflogen bist? Sie hat allen gesagt, daß sie dich mitten in der Nacht rausschmeißen mußte.«

»Ach, und hat sie auch gleich dazuerfunden, warum?« krächzte Tess.

»Du hast sie nicht schlafen lassen, sondern ständig mit deinen persönlichen Problemen belästigt«, gab Frau Scheuermeyer bereitwillig Auskunft.

Tess erlaubte sich ein röchelndes Lachen, verzichtete aber darauf, Frau Scheuermeyer darüber zu informieren, daß es genau umgekehrt gewesen war. War doch eh alles egal! Und Rike konnte sie mal, diese durchgeknallte Psychopathin.

Diese durchgeknallte Psychopathin bewies einmal mehr, daß sie diese Bezeichnung wirklich verdiente. Sie rief am Tag darauf bei Tess' Mutter an, um sich ganz scheinheilig zu erkundigen, wie es denn ›der armen Tess‹ so ginge. Aber Anna Simon, durch tagelanges geduldiges Zuhören gründlich in die komplizierten Zusammenhänge von Tess' Lügengeschichte eingeweiht, mußte gar nicht großartig durch Pantomime (Tess hörte natürlich mit) instruiert werden, um die richtigen Antworten zu geben.

»Oh, Teresa geht es, soweit ich weiß, immer noch nicht besser. Sie wohnt jetzt bei ihrem Freund, und der kümmert sich rührend um sie.«

»Oh«, sagte Rike am anderen Ende der Leitung. »Das ist ja schön. Trotzdem würde ich sie gern mal persönlich sprechen. Wir haben uns nämlich dummerweise gestritten, und ich würde mich gern entschuldigen … Könnten Sie mir vielleicht ihre jetzige Telefonnummer geben?«

»O nein, das kann ich wirklich nicht, tut mir leid«, erwiderte Tess' Mutter. »Ich darf die Nummer an niemanden weitergeben.«

»Weil er das nicht will, ihr Freund, meine ich? Wie heißt er denn noch gleich?« versuchte es Rike auf die plump-raffinierte Tour.

»Das ist auch ein Geheimnis«, erklärte Tess' Mutter fest, und Tess nickte zufrieden.

»Das hast du gut gemacht, Mama. Jetzt grübelt sie weiter verzweifelt darüber nach, um wen es sich hier handeln könnte.« Niesend ließ sich Tess ins Bett zurückfallen. »Wenn er nicht erfunden wäre, würde sie ihn mir sofort wegschnappen. Sie hat sogar ihrer eigenen Schwester den Mann ausgespannt. Er war ihre ganz große Liebe, obwohl er Archibald heißt, kannst du dir das vorstellen? Vor lauter Kummer ist sie nach Australien gegangen. Und Archibald sitzt jetzt in irgendeinem Schwesternwohnheim und weiß nicht, daß er der armen Andrea das Herz gebrochen hat. Vielleicht bereut er das alles, und Andrea wird es nie erfahren. Es sei denn ...« – sie machte eine kurze Pause, in der ihre Augen aufleuchteten –, ... »es sei denn, jemand würde es ihm erklären. Mama, ich brauche sofort Stift und Papier.«

Sie bekam beides. Noch im Fieberwahn schrieb Tess zwei Briefe: einen mit Luftpost an Andrea, postlagernd in Sydney, und einen an Archibald Rost im Schwesternwohnheim Sankt Ursula.

Danach sank sie erschöpft in ihre Kissen, während Anna Simon, ganz aufopfernde Mutter, die Briefe auf die Post brachte. Auf dem Rückweg kaufte sie frische Erdbeeren, die sie wusch und mit etwas Zucker ihrer Tochter ans Bett servierte. Das Fieber war leicht gesunken.

Tess seufzte. »Ach Mama, ich wünschte, ich dürfte für immer in diesem Bett liegen bleiben und krankfeiern. Ich wünschte, ich müßte diesem Lukas niemals mehr unter die Augen treten. Dieses Ekel, wie konnte er nur etwas mit einer anderen Frau anfangen! Und ausgerechnet mit einer Rothaarigen?«

»Vielleicht war es nur eine gute Freundin?« wagte ihre Mutter einzuwenden.

»Und warum hatte er dann den Arm um sie gelegt? Und warum sind sie zusammen im Taxi zu seiner Wohnung gefahren?«

»Das weißt du ja gar nicht«, gab ihre Mutter zu bedenken. »Außerdem ist es sein gutes Recht, sich eine

Freundin zu suchen, zumal er ja annehmen muß, daß du auch in festen Händen bist.«

»Aber das bin ich doch gar nicht«, jammerte Tess, und ihre Tränen begannen wieder zu fließen. »An allem ist nur Rike schuld, die widerliche Spinne. Und jetzt verbreitet sie auch noch Lügen über mich. Von wegen, sie hat mich aus der Wohnung geschmissen. Das habe ich selber gemacht.« Mit solchen oder ähnlichen Gesprächen verging die restliche Woche, bis es Tess allmählich wieder besserging. Gesundheitlich jedenfalls.

Trotzdem wollte sie am darauffolgenden Montag um keinen Preis in die Firma.

»Du bist kein kleines Kind mehr«, schimpfte ihre Mutter. »Also stell dich nicht so an. Du wirst doch hoffentlich mit einer intriganten Kollegin, einem erfundenen Macho und einem attraktiven Chef klarkommen, oder?«

Derart angespornt machte sich Tess schließlich hocherhobenen Hauptes auf den Weg. Sie betrat das Büro, so schwungvoll sie konnte, und ließ sich von den Damen Scheuermeyer und Norgel auf das freundlichste begrüßen. Hier erfuhr sie auch sogleich, was alles in der Gerüchteküche über sie brodelte.

»Frau Falk hat uns von deinem Freund erzählt, Frau Simon, und Frau Norgel und ich möchten dir den guten Rat geben, dir von dem Mann nicht alles gefallen zu lassen. Sonst geht es dir am Ende wie der armen Diana. Die hat sich auch viel zu lange alles gefallen lassen.«

»Aber Prinz Charles ist doch kein Macho«, wagte Tess zu widersprechen.

»Wenn das kein Macho ist, wer dann?« fragte Frau Norgel. »Halt die Ohren steif, Frau Simon! Wir sind alle auf deiner Seite.«

»Danke«, sagte Tess etwas verwirrt, aber zutiefst erfreut. Wenigstens auf die beiden konnte man sich verlassen.

Einen Raum weiter saß Lukas bereits an seinem Schreibtisch. Tess ärgerte sich über das heftige Herzklopfen, das sie bei seinem Anblick überkam.

»Guten Morgen«, sagte Lukas mit neutraler Stimme und ebenso unbeweglichen Gesichtszügen. »Wieder gesund?«

»Mehr oder weniger«, gab Tess zurück. »Warum hast du deinen Schreibtisch eigentlich immer noch hier? Du hättest schon längst ins Chefbüro umziehen sollen, oder?«

Lukas schüttelte den Kopf. »Herr Werner und ich waren uns einig, so lange alles beim alten zu lassen, bis Frau Brück-Dillheimer ihren regulären Mutterschutz antritt. Sonst sieht das Ganze so aus, als hätten wir sie schon abgeschrieben.«

»Habt ihr doch auch«, sagte Tess.

»Nein, denn sonst würde ich ja längst umgezogen sein. Apropos umziehen: Du bist auch umgezogen, wie man so hört.«

»Richtig«, erwiderte Tess knapp.

»Hast du endlich kapiert, daß Rike einen Schuß weg hat?«

»Allerdings«, seufzte Tess.

»Und wer ist der geheimnisvolle Schlägertyp, den Rike verzweifelt ausfindig zu machen versucht, um ihn dir auszuspannen?« fragte Lukas weiter.

Tess biß sich wütend auf die Unterlippe. »Und wer ist die geheimnisvolle Rothaarige, mit der du dich nachts in der Stadt herumtreibst?« fragte sie zurück.

Lukas errötete.« Meinst du Lisa?«

»Woher soll ich wissen, wie sie heißt«, fuhr ihn Tess an. »Interessiert mich auch überhaupt nicht.«

»Warum fragst du dann?« fragte Lukas genauso giftig zurück.

»Weil es früher mal Zeiten gegeben hat, in denen wir uns unsere Loveaffairs erzählt haben.«

»Ja, aber das war, bevor du dich in einen Schlägertypen mit Porsche verliebt hast.«

Tess zuckte zusammen. »Woher weißt du, daß er Porsche fährt?«

»Rike redet von nichts anderem«, sagte Lukas. »Aber dein Privatleben interessiert mich genausowenig wie dich meines.«

»Wunderbar«, fauchte Tess. »Einigen wir uns darauf, daß wir von nun an nur noch das Nötigste miteinander bereden, in Ordnung?«

»In Ordnung«, sagte Lukas. »Dann mach dich jetzt gefälligst an die Arbeit: In Tottheim wird ein Werk geschlossen, und über hundert Arbeitsplätze werden abgebaut. Ich brauche bis heute nachmittag ein Statement.«

Als Rike kam, saßen Lukas und Tess einander gegenüber und arbeiteten scheinbar ganz friedlich vor sich hin. Aber wenn man genau hinsah, merkte man, daß die Luft zwischen ihnen zum Schneiden dick war.

Rike nutzte diese Stimmung in den nächsten Tagen, um ihre Kollegen bis aufs Blut zu reizen. Sie stimmte endlose Monologe an, zu denen die beiden anderen hartnäckig schwiegen.

»Na, Lukas, hat Tess dir die Identität ihres Freundes verraten? Nein? Wo ihr doch früher immer so gute Freunde wart, ihr beiden. Mach dir nichts draus, sie will dich wahrscheinlich nur beschützen. Er würde dich wahrscheinlich mit seinem kleinen Finger wegpusten. Tess hat immer schon gesagt, daß du ein Schwächling bist«, sagte Rike zum Beispiel.

Oder: »Lukas kann auch nicht verstehen, was der Typ an dir findet, Tess, und er weiß ganz genau, daß du mir nur deshalb nicht seinen Namen sagst, weil du ihn sonst schneller los bist, als ein Ferkel blinzelt.«

Oder: »Hat Lukas dir eigentlich mal erklärt, warum er jetzt unser Chef ist, Tess? Daß er sich beim Werner eingeschleimt hat, damit bloß keiner von uns den Job kriegt?«

Ab und zu wurden ihre Gemeinheiten vom abartigen Alois unterbrochen, bei dessen Anrufen Rike wie früher auf Mithören schaltete, bis Lukas eines Tages der Kragen platzte. Er riß Rike den Hörer aus der Hand und warf ihn zurück auf die Gabel. Er dulde in seiner Abteilung keinen anonymen Anrufer, sagte er ziemlich laut, und wenn er Rike noch ein einziges Mal dabei erwische, wie sie nicht sofort auflege, wenn der abartige Alois sich melde, dann lasse er eine Fangschaltung legen, um dem Spuk ein für allemal ein Ende zu bereiten.

»Spaßverderber«, sagte Rike nur. Der abartige Alois ließ aber seitdem nichts mehr von sich hören, was Frau Norgel und Frau Scheuermeyer sehr bedauerten. Tess hatte Rike in Verdacht, daß sie sich die Schweinereien des abartigen Alois weiterhin anhörte, nur eben für sich allein.

Es vergingen fast drei Wochen, und nur Rike schien die zerstrittene Atmosphäre zu genießen. Tess hingegen spürte, wie ihre Nerven immer blanker lagen. Sie und auch Lukas ertappten sich dabei, wie sie immer öfter auf Rikes provokante Fragen zu reagieren begannen.

Einmal, als Lukas einen offenbar privaten Anruf erhielt, den Tess um jeden Preis verfolgen wollte (es konnte ja diese Lisa sein), redete Rike einfach dazwischen.

»Bist du noch glücklich mit deinen ...?« fragte sie. »Ich meine, bringt er's noch im Bett? Oder langweilst du ihn schon?«

»Halt's Maul«, sagte Tess und beobachtete Lukas' Miene, während er telefonierte. Er lächelte so eigenartig. Sicher war diese Lisa am anderen Ende. »Du hast die Wette verloren, Rike, du hast ihn mir nicht ausgespannt, und damit basta.«

»Moment mal, wir hatten doch überhaupt gar keinen Zeitraum vereinbart, oder? Und worum wetten wir überhaupt? Ich glaube nicht, daß du noch irgend etwas hast, was ich haben möchte, wenn ich dir deinen Porschemann erst ausgespannt habe.«

»Könnt ihr nicht endlich die Klappe halten?« sagte Lukas mit zugehaltenem Hörer. »Wenn ihr so weitermacht, dann ziehe ich doch vorzeitig in Frau Brück-Dillheimers Büro um.«

»Mach doch«, sagte Rike.

»Ja«, schloß sich auch Tess an. »Dich wird hier keiner vermissen. Da kannst du auch in aller Ruhe deine Privatgespräche führen.«

Aber Lukas zog an diesem Tag nicht um. Irgend etwas schien ihn noch an seinen alten Schreibtisch zu fesseln.

Kurz vor Feierabend sprang Rike plötzlich auf. »Ich muß heute früher gehen.«

Lukas nickte nur. »Je früher, desto besser, würde ich sagen!«

»Wenn es dich interessiert: Ich kontrolliere seit neuestem den Firmenparkplatz«, erklärte Rike, an Tess gewandt, im Rausgehen. »Die Porschebesitzer sind hier zahlenmäßig ziemlich beschränkt, mußt du wissen. Es ist also nur eine Frage der Zeit, bis ich ihn habe.«

Tess zuckte mit den Schultern. »Wer sagt dir denn, daß er auf dem Firmenparkplatz parkt? Und wer sagt dir überhaupt, daß er mit dem Auto zur Arbeit kommt?«

»So einen Mann kannst du nicht für immer verstecken«, fauchte Rike und rauschte aus dem Zimmer.

»Was für einen Porsche fährt er denn?« erkundigte sich Lukas.

»Einen Porsche eben«, sagte Tess verunsichert. Nanu! Hatte Lukas gerade mit ihr gesprochen?

»Welcher Typ?« wollte er wissen.

»Bin ich vielleicht Autofachmann?« fragte Tess zurück. »Ein roter Porsche eben. Seit wann interessierst du dich denn wieder für meine Privatangelegenheiten? Und seit wann sprichst du überhaupt wieder mit mir?«

Lukas antwortete nicht sofort. Er grinste sie nur an, beinahe wie in alten Zeiten.

»Warum verrätst du Rike eigentlich nicht den Namen von dem Kerl? Wenn er dich wirklich so liebt, wie du behauptest, dann kann dir doch gar nichts passieren? Ich meine, nur ein Vollidiot würde dich gegen Rike eintauschen.«

Tess wurde schätzungsweise tomatenrot. »Soll das ein Kompliment sein? Von dir?«

»Warum nicht?« fragte Lukas und wurde auf einmal ganz ernst. »Tess, das ist doch wirklich zu albern, wie wir uns hier alle verhalten. Jeder hat mit jedem Streit, und ich weiß nicht mal genau, warum. Das ist eines Abteilungsleiters unwürdig. Selbst Frau Norgel und Frau Scheuermeyer sind vernünftiger als wir. Sollen nicht wenigstens wir beide das Kriegsbeil begraben?«

Ich weiß aber sehr genau, warum wir uns gestritten haben, dachte Tess. Der Grund heißt Lisa und hat rote Haare. Aber das konnte sie Lukas ja schlecht sagen.

Im übrigen hatte er recht. Dieser Streit war albern, überflüssig, kindisch und zermürbte nur unnütz ihre Nerven.

»Von mir aus«, antwortete sie müde.

»Fein«, sagte Lukas und klang richtig fröhlich. »Dann hätten wir das ja aus der Welt geschafft. Sag mal, wann kannst du eigentlich zurück in deine Wohnung? Ich vermisse unsere gemeinsamen Straßenbahnfahrten.«

»In zwei, spätestens drei Wochen«, sagte Tess. »Dann ist die Küche installiert und alles wie neu. Hat mich nur mein ganzes Sparbuch gekostet und ein kleines Darlehen bei meiner Mutter. Zinslos. Dafür muß ich mir jeden Tag anhören, daß ich nie richtig erwachsen werde.«

»Jeden Tag?« wiederholte Lukas nachdenklich. »Ihr scheint oft zu telefonieren.«

»Ja, das tun wir«, sagte Tess schnell. Da hatte sie sich doch beinahe verplappert! »Du weißt ja, wie die Mütter sind.«

»Allerdings«, sagte Lukas und schenkte ihr wieder ein Lächeln. Tess lächelte erleichtert zurück.

Allmählich wurde Rike wirklich mehr als lästig. Sie wollte die Wette auf jeden Fall gewinnen und schien Tess auf Schritt und Tritt zu verfolgen. Ging Tess in der Mittagspause aus dem Haus, ging Rike ebenfalls. Betrat Tess ein Kaufhaus, betrat Rike es ebenfalls. Selbst auf die Toilette folgte sie ihr.

»Wenn du mich loswerden willst, mußt du mir nur seinen Namen sagen«, bot sie Tess an. »Und schon bist du mich los. Ihn allerdings auch, das ist dir hoffentlich klar.«

»Du bist überhaupt nicht sein Typ«, konterte Tess. »Hat er mir selbst gesagt.«

»Na, dann kannst du es ja darauf ankommen lassen. Wer ist es?«

»Das mußt du schon selbst herausfinden«, sagte Tess und verwünschte einmal mehr ihren Hang zu unwahren Geschichten.

Richtig schwierig wurde es, Rike auf dem Weg zum Bahnhof abzuhängen. Irgendwann stand sie auf dem Gleis hinter ihr und grinste, wie Psychopathen eben grinsen. Tess wurde es richtig unbehaglich zumute. Ein paarmal stieg sie in den falschen Zug, nur um Rike zu verwirren, einmal nahm sie ein Taxi bis zur übernächsten Station und stellte sich vor, daß Rike ins nächste Taxi stieg und den Fahrer anbrüllte: »Folgen Sie diesem Wagen da!«

Diese Manöver kosteten Tess aber Geld, Zeit und vor allem Nerven. Es wurde mit jedem Tag lächerlicher, das alberne Spiel fortzusetzen. Aber aus verständlichen Gründen konnte sie jetzt nicht hergehen und sagen, der Typ mit dem Porsche sei nur eine Erfindung gewesen. Lukas und Rike würden sie gleichermaßen verachten.

Also mußte sie durchhalten.

Immerhin war wenigstens Lukas jetzt viel netter zu ihr, fast wie in alten Zeiten. Es war kaum zu glauben, aber er war wieder so lieb und spöttisch und lustig wie immer – und Tess hatte keine Ahnung, was seinen plötzlichen Gesinnungswechsel verursacht hatte.

»Wunder soll man nicht hinterfragen«, sagte ihre Mutter, mit der sie darüber sprach.

Tess mußte ihr recht geben. Es war schön, sich wieder mit Lukas zu verstehen. Das einzige, was noch zwischen ihnen stand, war diese Lisa. Und natürlich der verdammte, erfundene Macho. Nachts träumte sie von ihm (und das, obwohl es ihn ja gar nicht gab) und ließ ihn im Traum auf alle mögliche Art und Weise ums Leben kommen. Er fuhr mit seinem Porsche gegen einen Baum, oder er bekam einen Squashball an den Kopf. In jedem Fall aber war Tess ihn endlich los. Leider währte die Erleichterung darüber immer nur einen Traum lang. Wenn sie aufwachte, war das Problem leider immer noch da. Und Rike blieb ihr weiterhin auf den Fersen wie ein gieriger Bluthund.

In diese Tage fiel der fünfzigste Geburtstag von Frau Scheuermeyer. Lukas meinte, es sei nicht ihr erster fünfzigster Geburtstag. Ab einem gewissen Alter feierten manche Frauen diesen Ehrentag gern öfter. Wie dem auch sei: Frau Scheuermeyer backte eine köstliche Waldmeister-Philadelphia-Torte und brachte drei Flaschen Sekt mit, mit denen sie die zerstrittene Abteilung für Presse- und Öffentlichkeitsarbeit der Firma Niessing wieder zu versöhnen gedachte.

Aber obwohl alle sowohl dem Sekt als auch den raffinierten Weinbrandpralinen, die es als Beilage gab, gründlich zusprachen, kam es nicht zu der großen Versöhnung, wie die beiden Sekretärinnen sich das erhofft hatten. Im Gegenteil: Im betrunkenen Zustand gingen Rike die boshaften Bemerkungen nur noch leichter über die Lippen.

Sie erzählte außerdem freimütig davon, daß sie ihrer Schwester nicht nur Archibald ausgespannt hätte, sondern davor schon Rudolf, Jens, Marc, Jörg-Thomas und viele mehr.

»Keiner von ihnen ist mir entgangen«, setzte sie hinzu und stierte Tess an. »Und dein Macho wird mir auch nicht entgehen.« Dann mußte sie aufs Klo rennen, um sich zu übergeben.

»Alkohol am Arbeitsplatz – ist das nicht ein Grund zur fristlosen Kündigung?« fragte Lukas nachdenklich. »Vielleicht sollten wir Herrn Werner als Zeugen rufen. Dann wären wir sie endlich los.«

Frau Scheuermeyer, Frau Norgel und Tess, die selbst mindestens zwei Gläser Sekt getrunken hatten, starrten ihn entsetzt an. Wenn er wirklich Herrn Werner herbeirief, blieb von dieser Abteilung nicht mehr viel übrig.

In diesem Augenblick klingelte Rikes Telefon. Lukas hob ab und lauschte in den Hörer, noch ehe die anderen reagieren konnten.

»Ist es der abartige Alois?« flüsterte Frau Norgel.

Es *war* der abartige Alois. Lukas hörte sich sein Gestammel eine Weile an, dann legte er auf, ohne etwas gesagt zu haben.

»Eigenartig«, murmelte er, mehr zu sich selbst als zu den anderen.

»Und? Was hat er gesagt?« wollte Frau Norgel wissen.

»Das übliche«, antwortete Lukas. »Heizkörper und Pudding, diese Kombination hat es ihm besonders angetan.«

»Und was ist daran merkwürdig?« wollte Tess wissen.

Lukas lächelte sie an. »Es ist nur so eine Idee. Es könnte sein, daß ich unserem abartigen Freund bald auf die Spur komme.«

»Was?« schrien Frau Norgel und Frau Scheuermeyer unisono. »Dann mußt du uns das aber sagen, Herr Schweighöfer. Wir haben nämlich Wetten darüber laufen. Frau Norgel glaubt immer noch, daß es der Bergerhoff sein könnte. Aber ich bin mir ganz sicher, es ist dieser Dicke aus dem Archiv, der immer nach Frauenparfüm stinkt.«

Rike kam ins Büro zurück und sah blaß und beinahe wieder nüchtern aus.

»Wer stinkt nach Frauenparfüm?« fragte sie.

»Der abartige Alois«, antworteten alle im Chor.

Tess schaffte es nicht, bis Feierabend wieder nüchtern zu werden. Das lag daran, daß sie den ganzen Nachmittag unentwegt die übriggebliebenen Weinbrandpralinen geknabbert hatte und es im Gegensatz zu Rike nicht geschafft hatte, sich zu übergeben.

Dafür schlug Rike sich den Rest des Tages mit Kopfschmerzen herum und sagte kaum noch etwas, was eher ungewöhnlich für sie war. Am Abend war sie die erste, die das Büro verließ, aber Tess wußte, daß das nicht heißen mußte, daß sie nun automatisch nach Hause ging. Viel wahrscheinlicher war, daß sie irgendwo wartete, um Tess unauffällig zu folgen. Das übliche Beschattungsprogramm also. Leider fühlte sich Tess nicht fit genug, die gewohnten Ablenkungsfinten durchzuziehen, um Rike abzuhängen.

»Kopfschmerzen?« erkundigte sich Lukas, als sie nebeneinander im Fahrstuhl standen.

»Noch nicht«, erwiderte Tess. »Ich frage mich nur gerade, wie es mir gelingen soll, nach Hause zu kommen, ohne daß Rike herausfindet, wo das ist.«

Lukas lächelte, wie ihr schien, mitleidig auf sie herab.

»Du kannst einem schon ganz schön leid tun«, sagte er. »Wäre es nicht am besten, du würdest Rike den Kerl einfach überlassen?

»Wenn das so einfach wäre«, seufzte Tess.

»Vielleicht kann ich dir ja helfen«, meinte Lukas.

»Niemand kann mir helfen. Es ist alles zu kompliziert. Unlösbar, glaub mir.«

»Blödsinn! Es gibt für alles eine Lösung«, widersprach Lukas und kicherte albern. »Warum in die Ferne schweifen, sieh, das Gute liegt so nah!«

Was oder wen meinte er damit?

»Warum bist du neuerdings wieder so gut gelaunt und nett zu mir?« sagte Tess weinerlich. »Ich hatte mich schon so daran gewöhnt, daß du mich mies behandelst.«

»Ich habe dich nicht mies behandelt«, widersprach Lukas. »Ich war höchstens etwas – na, sagen wir mal, zurückhaltend.«

Der Fahrstuhl setzte sich endlich in Bewegung, und Tess mußte wie üblich an den Tag denken, an dem Lukas alles andere als zurückhaltend gewesen war. Am liebsten hätte sie jetzt die Stopptaste gedrückt, sich an

Lukas Hals geworfen und ihm alles erklärt. Daß sie diesen Typ nur erfunden habe, um Lukas vor Rike zu schützen, jawohl, und daß sie sich seit Wochen nichts sehnlicher wünsche, als noch einmal von ihm geküßt zu werden (und mehr, natürlich).

Sie ließ den Finger über die Bedienungsleiste gleiten.

Ich tu's, dachte sie. Wer nicht wagt, der nicht gewinnt.

Lukas Blick ruhte nachdenklich auf ihrem Finger. Tess zögerte. Da gab es schließlich immer noch diese Lisa ...

»Vielleicht interessiert es dich ja, daß Lisa und ich nicht mehr zusammen sind«, sagte Lukas, als habe er ihre Gedanken erraten.

Tess zuckte zusammen, als ob man sie ertappt hätte.

»Genaugenommen waren wir nie richtig zusammen«, fuhr Lukas fort. »Wir haben uns nur ein paarmal getroffen.«

Der Fahrstuhl hielt im Erdgeschoß.

»Jetzt hast du doch nicht draufgedrückt«, sagte Lukas und blickte auf die Stopptaste. »Schade!«

Tess spürte, wie sie wieder einmal errötete. (Das würde wohl nie aufhören.) Der Alkohol verhinderte eine gewisse Ordnung in ihren Gedanken ebenso wie die Fähigkeit zu einer zusammenhängenden Antwort.

»Ich hoffe seit Wochen, daß der Aufzug noch mal stehenbleibt«, sagte Lukas und machte einen Schritt auf sie zu.

Diesmal kam sein Kuß nicht ganz so überraschend wie beim ersten Mal, aber mit genau derselben Wirkung. Tess' Gehirn verabschiedete sich endgültig zu einer Art Kurzurlaub. Nicht mal mehr die Koordination ihrer wabbeligen Knie funktionierte. Wenn Lukas sie nicht festgehalten hätte, wäre sie zu Boden gesunken, so wie die Heldinnen in kitschigen Romanen das des öfteren taten.

Lichtjahre später (nach fünf Sekunden, um genau zu sein) folgte sie Lukas ganz benommen hinaus ins Foyer.

»Oje, jetzt haut mich dein brutaler Macker sicher aus dem Hemd«, sagte Lukas fröhlich. »Oder meinst du, er überfährt mich mit seinem Porsche? Sicher läßt er es sich nicht gefallen, daß jemand seine Freundin küßt. Ich wäre umgekehrt auch ganz schön eifersüchtig.«

»Ähm«, erwiderte Tess wenig schlagfertig. Die Stunde der Wahrheit war gekommen, sie mußte nur noch die richtigen Worte finden.

»Keine Sorge, mit dem nehme ich's schon auf«, beruhigte sie Lukas. »Der soll ruhig kommen. Ich werde ihm mal zeigen, was es heißt, Frauen zu schlagen.«

»Also«, begann Tess, aber Lukas ließ sie nicht zu Wort kommen: »Für diesen Macho bist du doch viel zu schade, Tess. Ich finde, er würde viel besser zu Rike passen.«

»Du kennst ihn doch gar nicht«, sagte Tess. »Kannst du ja auch nicht, weil ...«

»Ich werde ihn schon noch kennenlernen«, unterbrach Lukas sie erneut. »Und er mich! Darauf kannst du dich verlassen. Und jetzt muß ich laufen, um meine Bahn zu bekommen.«

»Lukas, warte!« rief Tess. »Ich muß mit dir reden!«

»Morgen können wir reden, Tess«, sagte Lukas über die Schulter hinweg und verschwand durch die Drehtür.

Tess sah hinterher. Warum mußte er immer eine Bahn erreichen, wenn es gerade spannend wurde?

Sie atmete tief durch. So schlimm war es doch gar nicht mehr. Er hatte sie geküßt! Und diese Lisa war auch weg vom Fenster.

Der Rest würde sich ebenfalls klären. Und wenn sie Lukas im Büro einsperren müßte, um ihm endlich die ganze Wahrheit zu offenbaren!

Voll neugeweckter Hoffnungen schwankte sie zum Bahnhof. Dabei vergaß sie ganz, nach Rike Ausschau zu halten. Sie merkte nicht einmal, daß Rike in denselben Zug einstieg wie sie …

8.

... fällt selbst hinein!

Tess erwachte am nächsten Morgen erstaunlich erfrischt und so guter Laune wie schon lange nicht mehr. Weder Sekt noch Weinbrandpralinen hatten Spuren hinterlassen. Auch das Wetter paßte zu ihrer Stimmung. Die Sonne schien, die Vögel zwitscherten, und es bahnte sich ein herrlicher Sommertag an. Nach einer Wechseldusche schlüpfte Tess in ein weißes Leinenkleid und band die Locken zu einem fröhlichen Pferdeschwanz zusammen.

Auch ihre Mutter strahlte sie an: »Einen schönen Tag, mein Liebling«, sagte sie. »Ich habe das Gefühl, heute passiert etwas ganz Besonderes. In deinem Horoskop steht: Wundern Sie sich nicht, wenn Sie eine Überraschung erleben.«

»Gut, ich werde mir Mühe geben«, erwiderte Tess.

Die Gesichter der Mitfahrer in der Bahn erschienen ihr an diesem Morgen allesamt fröhlicher denn je. Es konnte natürlich am Wetter liegen, dachte Tess, aber vielleicht spürten sie alle, daß etwas Besonderes in der Luft lag. Heute war der Tag, an dem sie Lukas – komme, was wolle – die ganze Wahrheit beichten wollte.

Und dann – da war sie sich beinahe sicher – würde er ihr verzeihen, sie in seine Arme nehmen und küssen.

Beschwingt stieg Tess aus der Bahn und machte sich geradezu hüpfend auf den Weg zum Niessing-AG-Gebäude.

»Guten Morgen«, riß eine Stimme neben ihr sie aus ihren Tagträumen. Es war Rike, die wie ein Hagelschlag auf Tess' Stimmung wirkte.

»Da staunst du aber, was? Ich habe hier auf dich gewartet.«

»Wie nett von dir«, sagte Tess. Warum hatte sie nur auf einmal das Gefühl, der Tag könne doch nicht ganz so schön werden?

»Ich weiß jetzt, daß du nicht bei deinem tollen Typ wohnst, sondern bei deiner Mami«, fuhr Rike gehässig fort. »Ich bin dir nämlich gestern abend gefolgt. Und weißt du, was ich glaube? Ich glaube, deinen tollen Macho gibt es gar nicht!«

Tess starrte Rike an. Sie sah übernächtigt aus und ziemlich sauer. Wie eine Furie folgte sie ihr aus dem Bahnhofsgebäude hinaus auf den Bürgersteig.

»Du hast ihn nur erfunden, um mich eifersüchtig zu machen«, schrie sie und spuckte dabei auf Tess' weißes Kleid.

»Und wenn schon! Was willst du tun? Mich verklagen?« fragte Tess. Sie blieb erstaunlich gelassen.

Das Spiel war eben aus.

Gott sei Dank!

In diesem Augenblick bremste ein roter Porsche neben ihnen, und aus dem offenen Fenster lehnte sich ein Mann.

»Steig ein, Tess«, sagte er barsch.

Rike und Tess starrten den Fremden gleichermaßen perplex an.

Ein Alptraum, dachte Tess. Meine Lüge ist Wirklichkeit geworden.

»Nun mach schon, Tess, ich will hier nicht Wurzeln schlagen«, sagte der fremde Mann.

Tess musterte ihn genauer. Er sah nicht schlecht aus, soweit sie das beurteilen konnte. Und er kam ihr auch irgendwie bekannt vor. Ja, er arbeitete bei Niessing in der Entwicklungsabteilung. Man sah ihn öfter in der Kantine. Seinen Namen kannte sie aber nicht.

»Das gibt's doch nicht«, keuchte Rike neben ihr.

Tess gab sich einen Ruck. Ohne Rike noch einen Blick zu gönnen, stieg sie in das Auto und knallte die Beifahrertür zu.

»Normalerweise steige ich nicht zu wildfremden Männern ins Auto«, sagte sie, mühsam ein Zittern in ihrer Stimme unterdrückend. »Wer zur Hölle sind Sie?«

»Peter von Helmstetten«, stellte sich der Fremde etwas verlegen vor, und Tess hätte beinahe gelacht.

»Auch noch adelig, das ist ja selbst mir nicht eingefallen«, murmelte sie. »Und wie geht es jetzt weiter?«

Sie warf einen Blick auf den Bürgersteig, wo Rike ihnen mit offenem Mund hinterhergaffte.

»Wir fahren auf den Firmenparkplatz«, erklärte der Fremde. »Dort muß ich Sie rauslassen, das ist alles.«

»Wie bitte?« Der personifizierte Alptraum hatte sie gesiezt! Tess schöpfte Hoffnung.

»Woher kennen wir uns eigentlich?« fragte sie.

»Gar nicht«, sagte der Fremde. »Das heißt, höchstens vom Sehen.«

»Und wie komme ich dann zu der Ehre, von Ihnen im Porsche abgeholt zu werden?«

»Das ist nicht meiner«, sagte der Mann. »Ich fahre BMW.«

»Verstehe«, sagte Tess, die natürlich überhaupt nichts verstand. Der rote Porsche bog auf den Parkplatz der Niessing AG ein und hielt vor dem Hintereingang.

»Tja«, sagte dieser Peter von Helmstetten oder wie er auch heißen mochte. »Auf Wiedersehen dann. Man sieht sich.«

»Was ist mit Ihnen? Lösen Sie sich jetzt in Luft auf?«

»Am liebsten würde ich das«, sagte der Mann unglücklich. »Aber leider geht das ja nicht.«

Tess öffnete die Beifahrertür.

»Eigentlich hatte ich ja noch Glück«, meinte sie nachdenklich. »Manchmal träume ich von einem schuppigen Ungeheuer, so riesig wie ein Hochhaus. Wenn ich mir vorstelle, das wäre Wirklichkeit geworden, dann kann ich mit Ihnen noch ganz zufrieden sein.«

»Was?« Der Fremde schaute sie verständnislos an.

»Nichts«, sagte Tess. »Wiedersehen.«

Sie sah dem blinkenden Auto hinterher, bis es außer Sichtweite war.

»Toller Schlitten, was?« fragte eine Stimme hinter ihr.

Tess fuhr herum. »Lukas!«

Lukas grinste. »Toller Typ, was?«

»Es geht so«, sagte Tess. Das Ganze wurde immer rätselhafter. Aber auf jeden Fall steckte Lukas dahinter.

»Ich wußte nicht, ob ich einen roten oder einen schwarzen Porsche leasen sollte«, meinte er. »Du hast dir da ziemlich widersprochen. Zuerst hast du behauptet, der Porsche sei schwarz, und dann war er auf einmal rot. Das hat mich stutzig gemacht. Ich meine, welche Frau merkt sich nicht wenigstens die Farbe des

Autos ihres Liebhabers? Ich hoffe aber, Rike fällt dieser kleine Widerspruch nicht auf.«

»Ich verstehe jetzt«, rief Tess aus. »Der Mann war ein Freund von dir?«

»Gott bewahre«, sagte Lukas. »Der ist doch kein Freund von mir.«

»Was dann? Ein Mietmann? Ein Gigolo?« fragte Tess. »Wieviel mußtest du ihm zahlen für diese Komödie?«

Lukas brach in zwerchfellerschütterndes Gelächter aus. »Ach, Pumuckl, du bist so süß. Obwohl, wenn ich daran denke, daß ich höllisch eifersüchtig auf eine Erfindung von dir war, dann könnte ich dich schütteln. Es hat Wochen gedauert, bis ich kapiert habe, daß es den Kerl gar nicht gibt.«

»Und seit wann weißt du es?«

»Ganz sicher bin ich mir erst, seit ich mit deiner Mutter gesprochen habe«, erklärte Lukas.

»Mit meiner Mutter?« Wer hatte denn noch alles seine Finger im Spiel?

Lukas nickte. »Sie war sehr hilfsbereit, kann man sagen.«

Tess schwieg. Ja, das konnte sie sich denken. Daher auch das Horoskop am Morgen, von wegen, sie müsse auf Überraschungen gefaßt sein.

Lukas nahm Tess in seine Arme. »Deine Mutter sagt, das alles wäre nie passiert, wenn ich nicht das dumme Zeug über die Panikkurzschlußsonderfallreaktion gesagt hätte. Aber da war ich selber so verwirrt, daß ich nicht richtig zurechnungsfähig war. Später tat es mir leid, aber da hattest du ja deinen Macho schon erfunden. Und ich hab's leider geglaubt.«

»Küß mich«, bat Tess. »Vielleicht kann ich danach klarer denken.«

Lukas tat wie geheißen. Aber seine Küsse trugen wie immer nicht gerade dazu bei, Tess' Gehirn zu entnebeln. Im Gegenteil.

»Ich liebe dich«, sagte Lukas.

»Ich bin beinahe gestorben, als der Porsche neben uns hielt«, erwiderte Tess. »Ich dachte, mein schlimmster Alptraum sei wahr geworden.

»Ja, aber das mußte doch sein«, meinte Lukas. »Rike soll schließlich ihren Macho bekommen. Sie hat ihn sich redlich verdient.«

»Das wird wohl kaum funktionieren. Der Typ würde ihr doch sofort sagen, daß du ihn gemietet hast.«

»Ich habe ihn nicht gemietet, ich habe ihn erpreßt«, eröffnete ihr Lukas.

»Wie bitte?«

Lukas machte ein äußerst zufriedenes Gesicht. »Ich hatte dir doch erzählt, daß ich dem anonymen Anrufer auf der Spur war. Da war so ein seltsames Geräusch im Hintergrund, und ich habe herausgefunden, was es war: ein Perpetuum mobile, das immer so eigenartig klickte. Ich habe es erkannt, weil ich das gleiche zu Hause habe. Also bin ich durch die Abteilungen gegangen und habe danach Ausschau gehalten. In der Entwicklungsabteilung bin ich dann fündig geworden. Das Perpetuum mobile stand auf dem Schreibtisch von diesem Peter von Helmstetten.«

»Dann ist er der abartige Alois?« schrie Tess.

»Ja, hast du seine Stimme nicht erkannt?«

Tess schüttelte den Kopf. »Deshalb war ihm das alles so peinlich.«

»Das kannst du laut sagen. Er ist beinahe im Boden versunken, als ich ihm eröffnet habe, ich wüßte, wer er sei.«

»Er sah gar nicht so aus, wie ich mir den abartigen Alois vorgestellt hatte«, meinte Tess. »Er sah sogar richtig gut aus.«

»Ja, so muß es sein«, sagte Lukas. »Verstehst du nicht, daß sich das alles ganz wunderbar zu einem harmonischen Ganzen zusammenfügt? Der abartige Alois liebt Rike, er möchte sie schon seit Jahren, wie wir alle wissen, an die Heizung ketten und mit Pudding beschmieren. Rike wiederum möchte einen echten Macho haben, am liebsten deinen, stimmt's? Und du mußt zugeben, daß der abartige Alois genau ihr Typ ist. Vor allem, wo sie ihn jetzt auch noch für deinen Liebhaber hält.«

»Aber er wird ihr alles verraten«, sagte Tess.

»Wird er nicht«, widersprach Lukas. »Er wird sich hüten. Er will seinen Job behalten, und den ist er los, wenn wir ihn outen. Also mußte er mir versprechen, seine Klappe zu halten. Zu niemandem ein Wort, sonst fliegt er und bekommt eine Anzeige wegen sittenwidrigen Verhaltens. Aber so schlimm fand er's gar nicht. Als er hörte, daß er seine Traumfrau von nun an höchstpersönlich an die Heizung fesseln darf, war er mit allem einverstanden.«

»Dann können wir nur hoffen, daß Rike herausfindet, wer da in dem Porsche gesessen hat, und daß sie ihn anmacht.«

»Worauf du dich verlassen kannst«, sagte Lukas. »Keine Sorge: Rike wird uns schon nicht enttäuschen. Ein echter Vampir bleibt immer ein Blutsauger.«

Rike erholte sich schnell von dem Schock, den sie auf dem Bürgersteig beim Anblick des roten Porsche erlitten hatte. Als Tess in der glänzenden Karosse verschwunden war, fühlte Rike den Neid in sich hochkriechen. Und da war es wieder, das uralte Gefühl aus ihrer Kinderzeit: Rike auch! Rike auch Macho haben. Rike auch Porsche fahren!

Von wegen, Tess hätte den einfach nur erfunden! Da saß er doch leibhaftig in seinem schicken Sportflitzer. Rike kannte ihn sogar flüchtig. Es war dieser von Helmstetten oder so ähnlich aus der Entwicklungsabteilung.

Ein Adeliger! Auch das noch. Rike schnaubte. Tess als Baronin von Helmstetten! Das konnte der so passen! Wenn überhaupt, dann würde es heißen: Frederike Baronin von Helmstetten. Denn jetzt, wo sie endlich wußte, *wer* der geheimnisvolle Unbekannte war, konnte nichts und niemand sie mehr aufhalten.

Rike war wie eine Lawine, wenn sie erst einmal ins Rollen geraten war.

Sie schnaubte. Beinahe wäre es Tess gelungen, sie in die Irre zu führen. Beinahe hätte sie wirklich geglaubt, der Macho sei eine Erfindung.

Aber eben nur beinahe. Jetzt kannte sie seine Identität. Es war nur eine Frage der Zeit, dann gehörte er ihr. Mitsamt seinem Porsche. Und seinem Schloß (falls er eines hatte). Und seinem Adelstitel.

Tess würde ganz schön dämlich aus der Wäsche schauen.

Der abartige Alois alias Peter von Helmstetten schwebte auf Wolke sieben. Monatelang hatte er für Rike geschwärmt und sich vorgestellt, was er alles mit ihr anstellen könnte. Er hatte sich niemals getraut, sie anzusprechen (außer am Telefon natürlich), weil er aus Erfahrung wußte, daß die meisten Frauen es nicht so gerne mochten, an einen Heizkörper gefesselt zu werden. Und die, die es mochten, mochte in der Regel er nicht. Ein scheinbar unlösbares Paradoxon.

Aber jetzt schien sich alles in Wohlgefallen aufzulösen. Seine Angebetete versäumte keine Gelegenheit, seine Nähe zu suchen. Sie schien immer zufällig gerade da zu sein, wo auch er war, und es dauerte nicht lange, da kamen sie miteinander ins Gespräch. Und beim Gespräch blieb es nicht lange.

Lukas Schweighöfer, der Fuzzi aus der Presseabteilung, hatte nicht zuviel versprochen. In Rike schien Peter tatsächlich sein gottgewolltes Gegenstück gefunden zu haben.

»Und was ist mit Tess?« fragte Rike, als sie sich (nur drei Tage nachdem sie sich an ihn herangepirscht hatte) gegenseitig ihre Gefühle eröffneten.

Peter, der diesbezüglich strenge Anweisungen von Lukas hatte, sagte: »Tess ist mir völlig gleichgültig. Du bist die einzige, die ich will.«

Rikes Lächeln, das sie von nun an immer und überall zur Schau trug, kündete von einem geradezu überirdischen Triumph.

Lukas und Tess, die anfangs ein bißchen Sorge hatten, ob ihr Plan auch wirklich funktionierte, freuten sich darüber. Sogar die Tatsache, daß Peter eigentlich BMW fuhr (er sagte wahrheitsgemäß, der Porsche sei nur gemietet gewesen), störte Rike nicht.

Daß sie nun den abartigen Alois am Hals hatte, war für Lukas und Tess ein nie versiegender Quell der Heiterkeit. Vor allem wenn sie sich vorstellten, wie ihre Zusammenkünfte verliefen. Der abartige Alois hatte seine Vorstellungen ja des öfteren offengelegt.

Rike wurde wieder ein bißchen umgänglicher, seit sie Tess am Boden zerstört glaubte.

»Ach, Tessilein, du bist mir doch hoffentlich nicht mehr böse, oder? Peter und ich, wir sind einfach füreinander geschaffen. Wir passen viel besser zusammen als ihr beide.«

»Dir steht er wirklich viel besser als mir«, meinte Tess ernsthaft. Sie war so glücklich, daß sie Rike sogar Brad Pitt gegönnt hätte. Lukas und sie trafen sich in jeder freien Minute.

Es dauerte nur eine knappe Woche, da konnte Tess voller Befriedigung feststellen, daß auch der Rest hielt, was seine Küsse versprachen. Und zwar nach Feierabend in dem Fahrstuhl, in dem alles begonnen hatte …

Am Samstag darauf konnte Tess endlich zurück in ihre alte Wohnung ziehen. Dort fand sie einen Luftpostbrief von Andrea vor, in welchem sie sich bei Tess bedankte.

»Durch Deine Vermittlung haben Archibald und ich Kontakt aufgenommen, und Archibald hat sich spontan Urlaub genommen, um mich hier in Australien zu besuchen. Wir machen im Augenblick eine Rundreise durch Tasmanien und wollen anschließend noch eine Woche Badeurlaub dranhängen«, schrieb sie. »Und vielleicht kommen wir danach wieder nach Hause. Archibald sagt, daß er nie wieder auf Rike hereinfallen wird.«

»Na, das ist doch wenigstens etwas«, bemerkte Tess, als sie Lukas den Brief gezeigt hatte. »Die beiden haben es verdient.«

»Ja, es ist eigentlich alles gut ausgegangen«, meinte Lukas. »Jeder hat das gekriegt, was er verdient: Andrea ihren Archibald, Rike den abartigen Alois, der abartige Alois die Rike, und ich meinen Pumuckl.«

»Ja, mit mir hast du dir wirklich was aufgehalst. Wenn du nicht auf mich aufpaßt, fackele ich dir die Bude ab«, drohte Tess lachend. »Obwohl, mit meinem wunderbaren neuen Herd ist das ja gar nicht mehr möglich. Dafür werde ich dir heute abend zur Feier des Tages etwas Feines kochen.«

Aber aus dem Essen wurde an diesem Abend nichts mehr …

Drei Wochen später erhielt Rike im Büro einen Anruf von ihrer Mutter, der sie dermaßen aufwühlte, daß sie laut in den Raum sagte: »Das darf doch wohl nicht wahr sein.«

Tess und Lukas, die sich daran gewöhnt hatten, mit Rike nur noch berufliche Angelegenheiten oder aber Gemeinheiten auszutauschen, schauten erstaunt auf.

»Das war meine Mutter«, erklärte Rike. »Sie hat gesagt, daß Andrea nächste Woche zurückkommt.«

»Na, toll«, kommentierte Lukas. »Vielleicht kann sie wieder bei uns arbeiten. Uns fehlt schließlich ein Referent, solange Frau Brück-Dillheimer nicht da ist. Ich kann ja mal mit dem Werner reden.«

»Das kannst du dir sparen«, sagte Rike. »Andrea wird nicht hier arbeiten. Sie ist schwanger!«

»Was?« rief Tess aus. »Von Archibald?«

»Woher weißt du das?« fragte Rike zurück. »Tatsächlich hat Andrea niemandem verraten, daß Archibald zu ihr nach Australien gereist ist. Nicht mal mir, und dabei bin ich ihre einzige Schwester. Meine Mutter sagt, sie und Archibald wollen, so schnell es geht, heiraten. Meine Eltern sind vor Freude beinahe ausgeflippt. Sie freuen sich so auf ihren Enkel, sagt meine Mutter. Was mit mir ist, hat sie überhaupt nicht interessiert. Ich bin als Tochter voll abgemeldet.«

»Na toll«, meinte Lukas. »Dann hat Andrea ja endlich mal was, was du nicht hast.«

Rike schaute ihn entsetzt an. Das konnte in der Tat nicht angehen!

»Peter und ich wollen auch heiraten«, stieß sie schließlich hervor. »Das ist schon längst beschlossene Sache. Und ein Baby wollen wir auch.«

»So, so«, spottete Tess, die das für eine pure Lüge hielt.

Aber offenbar ließ sich Peter, alias der abartige Alois, davon überzeugen, daß nur noch ein Baby das Glück zwischen ihm und Rike vervollkommnen könnte. Und überhaupt, eine echte Frau mußte die Mutterschaft erleben und ein echter Mann einen Sohn zeugen.

Rike futterte jedenfalls in den nächsten Wochen nur noch gesundes Grünzeug und Folsäurepräparate aus der Apotheke. Sie kaufte Zeitschriften mit Sonderteilen wie *Sind Sie fit für ein Baby?* Und vorsorglich auch schon mal die Elternzeitschriften zum Thema *Was tun, wenn Baby zahnt?*, die sie auf ihrem Schreibtisch ausbreitete.

Lukas und Tess amüsierten sich königlich.

Bis Tess eines Abends auf ihren Kalender sah, und feststellte, daß ihre letzte Periode längst überfällig war. Das hatte man nun davon, wenn man sich über andere lustig machte!

»Das geplatzte Kondom«, sagte Lukas sofort.

»Du hast gesagt, die Wahrscheinlichkeit, trotzdem schwanger zu werden, läge bei eins zu einer Million«, rief Tess aus, von gemischten Gefühlen völlig überwältigt.

»Da kannst du mal sehen«, sagte Lukas. »Was wir für Glückspilze sind.«

»Ich weiß nicht«, antwortete Tess weniger glücklich als verwirrt. »Das wäre doch ziemlich verfrüht, oder?«

»Wenn du wirklich schwanger bist, dann schicken wir ein Babyfoto an den Hersteller: Herzlichen Dank für diese gelungene Überraschung.«

»Oh, Lukas! Wir sind doch erst so kurze Zeit zusammen! Da bekommt man doch kein Baby!«

»Wieso nicht?« fragte Lukas zurück. »Andrea und Archibald bekommen doch auch eines.«

»Aber ...« Tess sah ihn zweifelnd an. »Normalerweise sagen Männer in solchen Situationen immer, daß sie sich noch nicht reif für diese Verantwortung fühlen. Und ich weiß ehrlich gesagt auch nicht, ob *ich* mich dafür reif genug fühle. Ich dachte, wir hätten noch ewig Zeit damit.«

»Was geschehen soll, geschieht eben«, meinte Lukas fatalistisch. »Ich finde, du solltest morgen zur Frauenärztin gehen, dann wissen wir Bescheid. Was überlegst du, Pumuckl?«

»Meine schöne Wohnung«, antwortete Tess. »Die wäre dann viel zu klein! Wo ich doch gerade erst diese neue Einbauküche gekauft habe!«

»Dann kaufen wir eben eine neue«, sagte Lukas. »Und heiraten sollten wir auch. Ich bin da sehr altmodisch. Vielleicht eine kleine Doppelhochzeit zusammen mit Rike und dem abartigen Alois?«

»Sehr witzig«, sagte Tess und legte eine Hand auf ihren flachen Bauch. Das Leben war schon seltsam. Es war doch gerade so schön, nur zu zweit. Lukas und sie.

Sie war sich nicht sicher, ob sie da schon einen dritten dabeihaben wollte. Einen, der Tag und Nacht schrie und ihre Figur ruinierte und sie ständig mit Brei bekleckerte …

Andererseits: Sie hatte immer einen ganzen Stall voller Kinder haben wollen. Und irgendwann mußte man damit anfangen. In einem war sie sich jedenfalls ganz sicher: Lukas war genau der Richtige für solch ein Vorhaben.

Trotzdem, war es nicht noch ein bißchen zu früh, ihre Beziehung einer solchen Belastungsprobe zu unterziehen?

Tess schlug sich noch ein paar Tage mit derartigen Überlegungen herum und wartete darauf, daß sich ihre Tage doch noch einstellten.

Irgendwann hielt Lukas es nicht mehr aus. Er verschwand in der Mittagspause und kaufte in der Apotheke einen Schwangerschaftstest.

»Hier«, sagte er und knallte die Schachtel vor Tess auf den Schreibtisch. Rike war gerade nicht anwesend. »Das ist doch zu albern. Du bringst es fertig und wartest noch neun Monate damit!«

»Und wenn ich wirklich schwanger bin?« fragte Tess.

»Dann freuen wir uns und suchen uns eine größere Wohnung. Mit Garten«, sagte Lukas bestimmt.

Tess lächelte. »Und wenn ich nicht schwanger bin?«

»Dann freuen wir uns auch und verschieben das Ganze noch etwas«, sagte Lukas. »Und jetzt geh schon. In fünf Minuten weißt du Bescheid. Und ich auch.«

Tess küßte ihn gerührt. »In Ordnung. Ich bin gleich wieder da.«

Sie ließ den Test diskret in ihrer Handtasche verschwinden. Frau Scheuermeyer und Frau Norgel sollten ja nicht gleich merken, daß hier was im Busch war – wenn etwas im Busch war.

In der Damentoilette stieß sie jedoch ausgerechnet auf Rike.

»Was machst du denn hier?« fragte Rike unfreundlich.

»Ja, was wohl?« fragte Tess zurück und wollte in einer der Kabinen verschwinden.

Rike hielt sie am Ärmel fest. »Ich wollte eigentlich allein sein.«

»Warum das? Verdauungsstörungen, die niemand hören soll?«

»Haha! Wenn du's unbedingt wissen willst: Ich wollte gerade einen Schwangerschaftstest machen«, erklärte ihr Rike wichtigtuerisch.

»Tatsächlich?« Tess mußte lachen. Das war ja ein verrückter Zufall. »Ich auch.«

Sie zog ihre Schachtel aus der Tasche. »Siehst du?«

»Das muß ansteckend sein«, seufzte Rike und packte ihren Schwangerschaftstest aus.

»Wie viele Tage bist du denn drüber?« erkundigte sich Tess.

»Noch keinen. Regulär bekomme ich sie erst übermorgen«, erwiderte Rike hoheitsvoll. »Aber ich habe das Gefühl, daß es geklappt hat. So was spürt eine richtige Frau einfach, das sagt der Peter auch.«

»Ich bin schon achtzehn Tage über die Zeit«, sagte Tess ehrlich. »Und ich spüre überhaupt nichts. Na ja, das war ja auch nicht geplant.«

Rike beäugte sie etwas herablassend. »Wie ist es denn dann passiert?«

»Das Kondom hatte wohl fälschlicherweise ›Stiftung Warentest sehr gut‹«, sagte Tess achselzuckend. »Aber wenn es nun mal passiert ist, freuen wir uns. Früher oder später wollten wir ohnehin Kinder haben – das wäre jetzt eben früher.«

»Herr Werner wird sich vermutlich aus seinem Bürofenster stürzen. Drei Mitarbeiterinnen, die innerhalb eines Jahres schwanger werden, wird er nicht verkraften!«

»Bestimmt nicht«, meinte Tess und drehte ihre Schachtel unschlüssig hin und her. »Na, wollen wir dann mal, oder?«

Jede verschwand mit ihrem Test in einer Klozelle. Als sie wieder herauskamen, grinsten sie sich verlegen an.

»Ich muß vier Minuten warten«, sagte Tess, als sie ihr Teströhrchen auf die Ablage oberhalb der Waschbecken legte. »Und du?«

»Ich soll zehn Minuten warten«, erklärte Rike. »Meiner ist ein ganz besonderer Test. Für die besonders frühe Frühschwangerschaft.«

»Verstehe«, sagte Tess und starrte gebannt auf die beiden Röhrchen, die so einträchtig nebeneinander lagen.

›Wenn sich nach vier Minuten in beiden Teststreifen ein rosa Fleck zeigt, können Sie davon ausgehen, schwanger zu sein‹, stand in der Gebrauchsanweisung. Im Augenblick waren noch alle beide Felder dunkelrosa. Auch bei Rikes Röhrchen, wie Tess feststellte.

»Ich halte das nicht aus«, sagte Rike. »Ich mache so lange die Augen zu. Sag mir in zehn Minuten Bescheid, ja?«

Die Sekunden krochen dahin.

»Meine Schwester gibt so schrecklich an mit ihrer Schwangerschaft«, klagte Rike mit geschlossenen Augen. »Und meine Eltern und Archibald machen ein wahnsinniges Theater um sie. Schrecklich. Aber wenn ich jetzt auch schwanger bin, dann dreht sich wenigstens nicht mehr alles ausschließlich um sie.«

Na klar, Rike auch Baby haben, dachte Tess und sah auf die Uhr. Die vier Minuten waren um. Mit Herzklopfen schaute sie auf die Ablage.

»Bei mir sind beide Felder rosa«, sagte sie. »Das heißt wohl, daß ich schwanger bin.« Und das hieß auch, daß sie ihrer frischrenovierten Wohnung ade sagen mußte. Zu ihrer Freude spürte sie kein bißchen Bedauern darüber.

»Gratuliere!« Rike wurde blaß und erging sich in inneren Monologen. Wenn sie nun nicht schwanger war? Wenn Andrea und Tess längst einen Kinderwagen über die Straße karrten, während sie noch alle Ärzte dieser Welt abklapperte und jedes verfügbare Hormonpräparat in sich hineinfräße, um endlich schwanger zu werden? Was, wenn sie die letzte Frau auf dieser Welt sein sollte, die kein Baby kriegte? Nicht auszudenken!

Sie kniff ganz fest die Augen zusammen.

Tess betrachtete sie mit bangen Blicken. Oje, man konnte wirklich nur hoffen, daß Rike ebenfalls schwanger war. Sonst würde sie keine Mittel und Wege scheuen, an ein Baby zu kommen.

Vor ihrem inneren Auge sah Tess schon, wie Rike – als Krankenschwester verkleidet –, ihr wundervolles Baby aus der Klinik entführte. Später würde sie dann ganz vorwurfsvoll sagen: ›Ich weiß gar nicht, was du hast: Das Kleine steht mir sowieso viel besser als dir, da kannst du jeden fragen ...‹

»Ich trau' mich nicht, zu gucken«, jammerte Rike. »Wenn ich nicht schwanger bin, sterbe ich.«

Das war leider nicht sehr wahrscheinlich, dachte Tess. Auf diese falschen Versprechungen konnte man sich nicht verlassen. Sie schielte auf Rikes Teströhrchen. Das zweite Feld hatte sich komplett wieder entfärbt. Da war aber auch nicht der Schatten eines Flecks.

Tess seufzte leise. Rike war eindeutig nicht schwanger. Schade. Plötzlich überkam Tess eine blitzartige Eingebung.

Na ja, was nicht ist, kann ja noch werden, dachte sie. Und man sagt ja, Vorfreude ist die schönste Freude.

Kurzentschlossen griff sie nach Rikes Teströhrchen und vertauschte es mit ihrem eigenen.

»Nun schau doch endlich nach. Die zehn Minuten sind längst um«, verlangte sie dann ungeduldig.

Mit zusammengekniffenen Augen tastete Rike nach ihrem Test. Zögernd öffnete sie zuerst das eine, dann das andere Auge. In beiden Feldern war ein kräftiger rosafarbener Fleck. Natürlich. »Schwanger!« kreischte sie.

Ja, und wie, dachte Tess, aber nicht du, sondern ich.

»Ich hab's doch gleich gewußt!« jubelte Rike. »Mir ist schon seit Tagen so schlecht, und überhaupt: Ich habe eben einen angeborenen Instinkt für so etwas. Andrea sagt, *sie* hat es erst nach Wochen bemerkt. Haha.«

Tess unterdrückte ein Kichern und ließ Rikes Test in ihrer Handtasche verschwinden. Es würde zwar nicht lange dauern, bis Rike ihre Scheinschwangerschaft entlarvte, aber so lange würde es ein diebisches Vergnügen sein, ihr zuzuhören. Wenigstens etwas nach all dem Ärger, den sie ihr zu verdanken hatten.

»Gratuliere«, sagte sie.

»Ja, dir auch«. Rike strahlte über das ganze Gesicht. »Obwohl – um ein Kind mit Lukas' Erbanlagen beneide ich dich nicht.«

Tess erlaubte sich ein lässiges Grinsen. Alles war besser, als ein Kind vom abartigen Alois zu bekommen! Und was Lukas anging: Wenn das Kind nur ein Zehntel seiner positiven Eigenschaften erben würde, konnte sie vollauf zufrieden sein.

Rike errechnete gerade anhand ihres Taschenkalenders den Zeugungstermin ihres Scheinkindes. Sie kicherte albern. »Ich glaube, das war an dem Abend, als Peter mich von Kopf bis Fuß mit gekühltem Pudding eingeschmiert hat ... solltet ihr auch mal probieren. Aber wahrscheinlich ist dein spießiger Lukas für so progressive Sexualtechniken nicht zu haben.«

Jetzt konnte Tess nicht mehr anders, sie mußte laut loslachen. Na klar, das war die Erklärung für Rikes negativen Schwangerschaftstest: Von Pudding kann man nun mal nicht schwanger werden!

Band 16172

Kerstin Gier

Fisherman's Friend in meiner Koje

Judith, Rebecca und Bille sind reif für das Abenteuer ihres Lebens. Rebecca sehnt sich nach einem Seitensprung, Judith verliebt sich unsterblich in den Segellehrer, weil sie ihn für einen modernen Freibeuter, einen Gesetzlosen der Neunziger hält, und Bille möchte einfach nur Segeln lernen. Mit von der Partie auf der stürmischen Ostsee: Alte und junge Seebären, Ehepaare mit erstaunlichen Macken und jede Menge Fisherman's Friend extra strong. Eine verwickelte, überaus komische Liebesgeschichte, die einen von der ersten bis zur letzten Seite in Atem hält.

BASTEI LÜBBE